한여름 밤의 꿈

A Midsummer Night's Dream

세계문학전집 172

한여름 밤의 꿈

A Midsummer Night's Dream

윌리엄 셰익스피어

최종철 옮김

민음사

일러두기

1 번역에 사용한 저본 및 참고본은 작품 해설에 밝혀 두었다.

2 고유명사의 표기는 국립 국어원의 외래어표기법을 따르는 것을 원칙으로 하였다. 다만 이미 굳어져 널리 쓰이고 있는 표기 등은 예외를 두었다.

3 원문에서 의도적으로 어법에 맞지 않게 쓴 표현은 그대로 살려 번역하거나 일부 방언을 사용하였고 각주로 표시하였다.

4 독자의 편의를 위해 대사의 행수를 5행 단위로 표기하였으며, 이는 원문의 길이와 전체적으로는 거의 같지만 완벽하게 일치하지는 않는다.

한 행이 계단식 배열로 표시된 것은 1) 한 인물이 같은 행을 나누어 말하거나 2) 둘 이상의 인물이 같은 행을 나누어 말하는 경우이다.

5 막의 구분 없이 장면의 연속으로만 진행되었던 셰익스피어 당시의 공연 관행을 반영하기 위하여 막과 장의 숫자만 명기하고 장소는 각주에서 설명하였다.

차례

등장인물

테세우스 아테네의 공작

히폴리타 테세우스와 약혼한 아마존의 여왕

라이샌더
드미트리우스 ⎤ 허미아를 사랑하는 두 젊은 궁정인

허미아 라이샌더를 사랑하는 처녀

헬레나 드미트리우스를 사랑하는 처녀

이지우스 허미아의 아버지

필로스트레이트 테세우스의 연예 담당관

오베론 요정의 왕

티타니아 요정의 여왕

요정 티나니아의 시종

퍽 또는 로빈 굿펠로 오베론의 익살꾼이면서 대리

완두꽃
거미줄
티끌 ⎤ 티타니아를 시중드는 요정들
겨자씨

피터 퀸스	목수	막간극에서 서두
닉 보텀	베틀장이	막간극에서 피라무스
프랜시스 플루트	풀무장이	막간극에서 티스베
톰 스나우트	땜장이	막간극에서 벽
스넉	가구장이	막간극에서 사자
로빈 스타블링	양복장이	막간극에서 달빛

오베론과 티타니아를 시중드는 다른 요정들
테세우스와 히폴리타 소속 귀족 및 시종들

장소 아테네와 그 근처의 숲

1막 1장

테세우스, 히폴리타, 필로스트레이트,

시종들과 함께 등장.

테세우스   자, 아름다운 히폴리타, 이제 우리 혼인날이

빨리 다가오는구려. 행복한 나흘 뒤면

새 달이 뜬다오. 근데 저 낡은 달은

얼마나 느리게 기우는지! 계모나 과부가

젊은이의 재산을 오랫동안 축내듯이   5

내 욕망을 질질 끌어 풀 죽게 만든다오.

히폴리타   나흘 낮은 재빠르게 밤 속으로 젖어들고

나흘 밤은 재빠르게 꿈결처럼 지나가요.

그러면 새 달은 하늘에서 새롭게 당겨진

은빛 나는 활처럼 우리의 혼례식을   10

내려다볼 거예요.

테세우스   필로스트레이트는 나가서

아테네 청년들을 여흥으로 몰고 가라.

활발하고 민첩한 웃음의 기운을 일깨우고

울적한 마음은 장례식에 보내라,

그 창백한 심보는 축하연과 맞지 않아.   15

(필로스트레이트 퇴장)

히폴리타, 나는 칼로 그대에게 구애했고

1막 1장 장소 아테네. 테세우스의 궁정.

상처를 입히면서 사랑을 얻었소.
하지만 결혼은 분위기를 달리하여
축하연과 경축 행렬, 술잔치로 할 것이오.

이지우스와 그의 딸 허미아, 라이샌더,
드미트리우스 등장.

이지우스	고명하신 테세우스 공작님, 행복을 빕니다!	20
테세우스	고맙소, 이지우스. 무슨 일로 이렇게?	
이지우스	울화통이 치밀어 불평하러 왔습니다.	
	제 자식, 제 딸아이 허미아 때문에요.	
	앞으로 나오게, 드미트리우스. 제 주군이시여,	
	제가 결혼 승낙한 건 이 사람입니다.	25
	앞으로 나와라, 라이샌더. 그런데 공작님,	
	이자가 제 자식의 마음을 호렸지 뭡니까.	
	너, 너 말이야, 라이샌더, 넌 얘에게 시를 주고	
	사랑의 정표도 서로 주고받았어.	
	엉큼한 목소리로 엉터리 사랑의 시구를	30
	얘 창문 밑에서 달밤에 노래하고	
	(설익은 어린애를 강력하게 압도하는)	
	네 머리털 팔찌와 반지, 패물, 노리개,	

16행 칼로…구애했고 테세우스는 아마존과의 싸움에서 이긴 다음 그들의 여
왕인 히폴리타를 포로로 데려왔다.

장신구, 장난감, 꽃다발, 사탕 과자 따위로
애의 환상 훔쳐서 네 것으로 만들었어.   35
내 딸의 마음을 교활하게 슬쩍하고
(당연히 나를 향한) 이 애의 복종심을
뻣뻣하고 거칠게 바꿔 놨어. 그래서 공작님,
만약에 이 애가 여기 이 어전에서
드미트리우스와의 결혼에 동의하지 않는다면   40
아테네의 옛 특권을 간청하겠나이다.
이 애는 제 거니까 제 처분 대로지요.
즉, 이 남자를 택하거나 그렇지 않으면
본인의 죽음인데, 그럴 경우 우리 법은
바로 그 집행을 규정하고 있습니다.   45

테세우스 허미아는 어쩔 테냐? 내 말을 잘 들어 봐.
너에게 아버지는 신 같아야 한단다.
아름다운 네 모습을 만들어 낸 분이지, 암,
그러므로 그에게 넌 밀랍 인형 같은 건데
본인이 빚었으니 본인의 권능 따라   50
그 형태로 두거나 없앨 수도 있단다.
드미트리우스는 훌륭한 신사야.

허미아 라이샌더도 그래요.

테세우스   사람은 그렇다만
이번 일엔 네 아버지 승낙이 없으니
다른 쪽이 더 낫다는 생각을 해야겠지.   55

허미아 아버지가 제 눈으로 보셨으면 좋겠어요.

테세우스	그보단 네 눈이 그의 판단력으로 봐야겠지.
허미아	소녀 진정 각하께 용서를 간청하옵나이다.
	무슨 힘 때문에 제가 용감해졌는지
	또한 여기 어전에서 항변을 하는 것이	60
	제 겸양에 적절한 것인지는 모릅니다.
	하오나 각하께서 제게 알려 주십시오,
	제가 만일 드미트리우스와의 결혼을
	거절할 경우에 최악의 사태가 무엇인지.
테세우스	법에 따라 죽임을 당하거나 아니면	65
	남성과의 교제를 영원히 포기하는 것이다.
	그러니까 허미아야, 네 욕망을 살펴보고
	네 젊음을 이해하고 혈기를 잘 따져 봐,
	아버지의 선택에 따르지 않을 경우
	수녀의 제복을 견딜 수 있는지,	70
	어두운 수도원에 영원히 갇힌 채
	쌀쌀맞은 달에게 가냘픈 찬송가 부르며
	불모의 여자로 한평생 살아갈 수 있는지.
	그렇게 혈기를 잘 다스려 인생길을
	처녀로서 걷는다면 삼중의 축복이지.	75
	하지만 즙을 남긴 장미가 속세의 행복은
	더 크니라, 미혼의 가지 끝에 시들면서
	독신의 축복 속에 살다 죽는 것보다는.
허미아	각하, 저의 처녀 특권을 내놓기 이전에
	저는 그리 살다가 그리 죽을 것입니다.	80

제 영혼은 이 남편의 반갑잖은 멍에에
지배권을 주는 데 동의하지 않습니다.

테세우스 시간을 좀 가져라, 그런 다음 새 달이 뜰 즈음—
내 애인과 나 사이에 백년해로 가약이
맺어지게 되는 날—그날이 왔을 때   85
네 아버지 의사에 불복종한 대가로
죽음을 맞이할 준비를 하든지 아니면
드미트리우스가 원할 테니 결혼을 하든지
아니면 처녀 여신 디아나의 제단에
영원한 금욕과 독신을 맹세해라.   90

드미트리우스 마음 풀어, 허미아, 그리고 라이샌더
무효인 네 자격을 분명한 내 권리에 넘겨줘.

라이샌더 드미트리우스, 넌 그녀의 부친 사랑 가졌잖아,
허미아 사랑은 내게 주고 그 부친과 결혼해.

이지우스 경멸에 찬 라이샌더, 맞아, 난 그를 사랑해.   95
그래서 내 사랑은 내 것을 그에게 줄 거야.
애는 내 거니까 애에 대한 내 모든 권리를
드미트리우스에게 부여한다, 그 말이야.

라이샌더 각하, 저도 그와 꼭 같이 가문 좋고
가진 것도 같은 데다 제 사랑은 더욱 크고   100
재산 또한 어느 모로 보거나 그보다 더
우위는 아니라도 동급으로 양호하며
이 모든 자랑보다 더 나은 것으로서
아름다운 허미아의 사랑을 받습니다.

그런데 제가 왜 제 권리를 행사하지 못하죠?   105
드미트리우스는 맞대 놓고 단언컨대,
네다르 어른의 딸 헬레나의 사랑을 구했고
그 영혼을 얻었는데, 착한 처녀 혹했어요,
열렬하게 혹했어요, 맹신하며 혹했어요,
변덕으로 얼룩진 이 친구에게요.   110

테세우스   고백건대 나 또한 그만큼은 들었고
드미트리우스와 그 얘기를 해 볼까 생각했지.
그런데 내 일에 너무 깊이 파묻혀
그걸 잊어버렸다네. 하지만 드미트리우스
그리고 이지우스, 나와 함께 갑시다,   115
둘에게 사적으로 교육할 게 있으니까.
그리고 허미아는 마음을 굳게 먹고
네 애정을 아버지 의사에 맞추도록 하여라.
안 그러면 아테네의 법에 따라 네 몸은
(이것은 짐이 절대 경감할 수 없기에)   120
죽음 또는 독신의 서약에 맡겨질 것이다.
갑시다, 히폴리타. 심기가 불편하오?
드미트리우스와 이지우스, 갑시다,
우리 둘의 혼인에 대비하여 이런저런
일도 좀 시키고 두 사람과 밀접하게   125
관련된 사안으로 의논도 해야겠소.

이지우스   충심으로 각하를 시중들겠나이다.

    (라이샌더와 허미아만 남고 모두 함께 퇴장)

라이샌더 괜찮아? 자기 뺨이 왜 그렇게 창백해?
       장밋빛은 어쩐 일로 그리 빨리 없어졌어?

허미아   빗물이 부족한 건가 봐. 그런 건 쉽사리   130
       내 눈 속의 태풍으로 채워 줄 수 있는데.

라이샌더 아아! 지금까지 내가 읽은 그 어떤 것에도
       이야기나 역사로 들었던 그 어디에서도
       참사랑의 길은 결코 순탄한 적 없었으니
       때로는 두 사람의 혈통이 달랐거나―   135

허미아   오, 훼방이다! 낮은 남자 노예 되긴 너무 높아.

라이샌더 아니면 나이에서 잘못 결합되었거나―

허미아   오, 심술이다! 애송이와 약혼하긴 너무 위야.

라이샌더 그것도 아니면 친구들의 선택에 달렸거나―

허미아   오, 지옥이다! 타인의 눈으로 사랑을 택하다니!   140

라이샌더 아니면 선택하는 마음은 일치해도
       전쟁이나 죽음 또는 질병이 사랑을 공격하여
       그것을 한순간의 소리처럼 덧없게
       그늘처럼 빠르게, 꿈처럼 짤막하게 아니면
       꽝 하고 터지며 하늘과 땅 양쪽을 밝힌 뒤   145
       누군가 ‘저것 봐라!’ 말하기도 이전에
       어둠의 아가리가 꿀꺽 삼켜 버리는
       칠흑 밤의 번개처럼 짧아지게 만들어.
       빛나는 것들은 이처럼 너무 빨리 사라져.

허미아   참다운 연인들이 언제나 좌절을 겪는다면   150
       그건 마치 운명의 포고령과 다름없네.

그럼 우리 이 시련을 인내하며 극복하자,
왜냐하면 그것은 상념과 꿈, 한숨, 소망,
그리고 눈물이 가련한 연정을 따르듯이
사랑에겐 으레 있는 좌절인 셈이니까.   155

라이샌더 설득 한번 잘했어. 그러니까 들어 봐, 허미아,
나에겐 과부가 된 미망인 이모가 계신데
수입은 많지만 자식은 없으셔.
그녀 집은 아테네와 이십 마일 떨어졌고
나를 자기 자신의 외아들로 여기시지.   160
거기서 허미아, 난 너와 결혼할 수 있단다.
그러면 아테네의 가혹한 법도 우릴
거기까진 추적 못 해. 그러니 날 사랑한다면
내일 밤 아버지의 집에서 빠져나와.
그럼 난 시내에서 삼 마일 밖 숲 속에서   165
(오월제의 아침 의식 치르려고 언젠가
헬레나와 너를 한 번 함께 만난 그곳에서)
기다리고 있을게.

허미아   믿음직한 라이샌더,
너에게 맹세할게, 큐피드의 최고로 강한 활과
그가 지닌 최상의 황금빛 화살촉과   170
비너스의 비둘기의 꾸밈없는 모습과

170행 황금빛 화살촉 사랑의 신 큐피드에게는 금촉과 납촉의 화살이 있는데
전자는 사랑을 후자는 무관심을 일으킨다.

영혼 맺고 사랑을 키워 주는 것들과
거짓된 트로이 남자의 떠나는 배 봤을 때
카르타고 여왕이 타 죽었던 불길과
남자들이 지금까지 깬 맹세를 다 걸고   175
(여자들이 지금까지 한 것보다 많을 텐데)
나에게 지정해 준 바로 그 장소에서
난 내일 틀림없이 널 만나게 될 거야.

라이샌더　약속 지켜, 자기야. 저것 봐, 헬레나야.

헬레나 등장.

허미아　복 많이 받아라, 어여쁜 헬레나! 어디 가니?   180
헬레나　내가 예뻐? 예쁘다는 그 말을 취소해!
드미트리우스는 널 사랑해, 오 행운의 예쁜이!
네 눈은 북두칠성이고 달콤한 네 노래는
밀밭이 푸르고 산사나무 꽃 맺힐 때
목동 귀엔 종달새 소리보다 더 곱단다.   185
전염병은 옮잖아. 오, 미모도 그렇다면
어여쁜 허미아, 가기 전에 네 것을 옮을래.

171행 비너스의 비둘기 비너스 여신이 타는 마차를 끄는 비둘기.
173행 트로이 남자 베르길리우스의 서사시 『아이네이스』의 주인공인 아이네
이아스를 가리키는데, 그가 로마 건국을 위하여 카르타고를 떠났을 때 그를
사랑했던 디도 여왕은 스스로를 불태워 죽었다고 한다.

내 귀는 네 목소리, 내 눈은 네 눈 옳고
내 혀는 네 혀의 고운 가락 옳을래.
이 세상 내 거라면 드미트리우스만 빼놓고   190
나를 너로 바꾸려고 그 나머진 다 줄게.
오, 가르쳐 줘, 어찌 보고 어떠한 기술로
드미트리우스의 마음을 휘어잡고 있는지.

허미아 내가 눈살 찌푸려도 그는 날 사랑해.

헬레나 오, 내 미소가 네 눈살의 기술을 배웠으면!   195

허미아 내가 저주하는데도 그는 날 사랑해.

헬레나 오, 내 기도로 그런 애정 얻을 수 있었으면!

허미아 내가 그를 미워하면 할수록 날 따라와.

헬레나 내가 그를 사랑하면 할수록 날 미워해.

허미아 그의 어리석음은 내 잘못이 아니야, 헬레나.   200

헬레나 네 미모 때문이지. 그 잘못이 내 것이었으면!

허미아 안심해. 그는 다시 내 얼굴 못 볼 거야,
라이샌더와 나 자신이 이곳을 뜰 테니까.
내가 라이샌더를 만나기 전까지는
아테네가 나에겐 낙원 같아 보였어.   205
오, 그렇다면 내 사랑에 웬 미덕이 있어서
그가 이 천국을 지옥으로 바꿔 놨지!

라이샌더 헬렌, 우리의 마음을 너에게는 밝힐게.
우리는 내일 밤 달의 여신 포이베가
칼날 같은 풀잎에 진주 이슬 달아 주며   210
자신의 은빛 얼굴 물거울에 비춰 볼 때

(연인들의 도피를 언제나 감춰 주는 그 시각에)
아테네 성문을 빠져나갈 작정이야.

허미아 그리고 숲 속에서, 너와 내가 여러 번
가슴속의 달콤한 비밀을 쏟아 내며   215
파리한 앵초꽃 침대 위에 누웠던 곳,
그곳에서 라이샌더와 난 만날 거야.
그런 다음 아테네 밖으로 눈을 돌려
새로운 친구들과 낯선 동무 찾을 거야.
잘 있어, 소꿉친구, 우릴 위해 기도해 줘   220
그리고 운 좋게 드미트리우스 차지해!
약속 지켜, 라이샌더. 내일 깊은 자정까지
우리 눈은 서로를 못 보고 굶어야 해.

라이샌더 그럴게, 허미아.   (허미아 퇴장)

　　　　잘 있어, 헬레나.
너처럼 드미트리우스도 너에게 혹하기를!   225

　　　　　　　　　　　(라이샌더 퇴장)

헬레나 누구는 누구보다 얼마나 더 행복할까!
아테네를 통틀어 나도 쟤만큼이나 예쁘다지.
그럼 뭐 해? 드미트리우스의 생각은 다른데.
자기 빼고 다 아는 걸 그는 알지 않으려 해
그리고 허미아의 눈에 혹해 그가 빗나가듯이   230
나도 그의 자질에 감탄하고 있잖아.
사랑은 저급하고 천하며 볼품없는 것들을
가치 있는 형체로 바꿔 놓을 수 있어.

사랑은 눈이 아닌 마음으로 바라봐
그래서 날개 달린 큐피드를 장님으로 그려 났어.   235
게다가 사랑의 마음은 판단력도 전혀 없어,
날개 있고 눈 없으니 무턱대고 서두르지.
그러니까 사랑을 어린애라 하잖아,
선택할 때 그 애는 너무 자주 속으니까.
짓궂은 소년들이 재미로 거짓 맹세 하듯이   240
어린 꼬마 사랑은 도처에서 위증해.
드미트리우스가 허미아의 두 눈을 보기 전엔
자긴 오직 내 거라고 우박 맹세 퍼붓다가
그 우박이 허미아의 열기를 느꼈을 때
그는 녹고 무더기 맹세도 녹아 버렸으니까.   245
어여쁜 허미아의 도망을 그에게 일러야지,
그럼 그는 내일 밤 숲 속으로 그녀를
뒤쫓아 가겠지. 정보를 준 대가로
감사라도 받는다면 그건 아주 비쌀 거야.
하지만 이건 그를 거기와 여기에서 보면서   250
내 고통을 더욱더 키우겠단 뜻이야.   (퇴장)

1막 2장

목수 퀸스, 가구장이 스넉, 베틀장이 보텀,
풀무장이 플루트, 땜장이 스나우트,
그리고 양복장이 스타블링 등장.

퀸스 단원들은 다 모였어?

보텀 사람들을 한꺼번에 한 사람씩 대본에 따라
불러 보는 게 가장 좋겠어.

퀸스 여기 이 두루마리에 공작님과 부인의 결혼식
날 밤, 두 분 앞에서 있을 우리의 막간극에   5
아테네를 통틀어 역을 맡기에 적당하다고 생
각되는 사람들의 이름은 죄다 적혀 있어.

보텀 퀸스 형, 우선 그 극이 무얼 다루는지 얘기
해. 그런 다음 배우들의 이름을 부르고 나서
결론을 내리지그래.   10

퀸스 알았어, 우리 극은 '피라무스와 티스베의 가
장 구슬픈 코미디 그리고 가장 비참한 죽음'
이야.

보텀 아주 훌륭한 작품이야, 틀림없어, 게다가 유
쾌하고. 그럼 퀸스 형, 대본 따라 배우들을   15

1막 2장 장소 아테네. 퀸스의 집.
2행 한꺼번에…사람씩 보텀이 하고자 하는 말은 '한 번에 한 사람씩'일 것이다.
그의 이런 의도하지 않은 말실수는 계속 나타난다.

불러 봐. 이보게들, 펼쳐 앉지.

퀸스 부를 테니 대답해. 베틀장이 닉 보텀?

보텀 여깄어. 내 역할이 뭔지 말하고 나서 진행해.

퀸스 닉 보텀, 자네는 피라무스 역으로 정해졌어.

보텀 피라무스가 뭐야? 연인이야, 폭군이야?   20

퀸스 연인인데 사랑을 위해 아주 멋지게 자결하
는 사람이지.

보텀 그걸 진짜로 연기하면 눈물깨나 불러일으킬
텐데. 내가 그걸 하면 관객들에게 눈을 조심
하라고 해. 난 폭풍을 일으킬 거고 상당히   25
애처롭게 말할 거야. 나머지 배우 — 하지만
내 체질에는 폭군 역이 최고야. 난 에라크레
스를 기똥차게 연기하거나 열변을 토하고 난
리 부리는 역할도 할 수 있어.

　　　'쌩쌩 나는 바윗돌   30

　　　꽁꽁 닫힌 감옥 문

　　　와장창 때리면서

　　　　　부숴 버릴 것이고

　　　태양신을 태운 마차

　　　멀리멀리 불 비추며   35

27~28행 에라크레스 '헤라클레스'를 정확하게 발음하지 못한 결과.
30~37행 쌩쌩…하리라 당시 영어로 번역된 로마 작가 세네카의 비극의 일부
와, 과장된 고전 암시를 희화화한 것. (아든)

바보 운명 여신들을

쥐락펴락하리라.'

이건 고상한 거였어! 이제 나머지 배우들의 이름을 불러 봐. 이건 에라크레스의 말투고 폭군의 말투야. 연인은 좀 더 애처롭지.   40

퀸스   풀무장이 프랜시스 플루트?

플루트   여기요, 피터 퀸스.

퀸스   플루트, 자네는 티스베를 맡아야겠어.

플루트   티스베가 뭔데요? 방랑하는 기사인가?

퀸스   그건 피라무스가 사랑하는 숙녀야.   45

플루트   에이 정말, 여자 역은 시키지 마세요. 수염이 나고 있단 말입니다.

퀸스   그런 건 상관없어, 망사로 가리고 할 테니까. 그리고 원하는 만큼 작게 말할 수도 있어.

보텀   얼굴을 가릴 수 있다면 티스베 역도 내가 하   50
게 해 줘. 난 엄청나게 적은 목소리로 말할 거야. '티스네, 티스네!'—'아, 피라무스, 그리운 내 님이여! 그대의 티스베, 그대의 숙녀예요!'

퀸스   아니, 아냐, 자넨 피라무스 역을 해야지 돼. 그리고 플루트, 자네가 티스베고.   55

보텀   그렇다면 계속해.

퀸스   양복장이 로빈 스타블링?

52행 티스네 티스베의 애칭.

스타블링	여기야, 피터 퀸스.
퀸스	로빈 스타블링, 자넨 티스베 어머니 역을 해 야겠어. 땜장이 톰 스나우트?
스나우트	여기야, 피터 퀸스.
퀸스	자넨 피라무스의 아버지, 나는 티스베의 아 버지, 가구장이 스넉, 자넨 사자 역할이야. 그 러면 극이 다 맞춰진 것 같구먼.
스넉	사자 역은 다 써 놨어? 그렇다면 제발 그걸 내게 주게, 난 외우는 게 더디니까.
퀸스	자네 역은 즉흥적으로 할 수 있어, 어흥 소리 를 내는 것뿐이니까.
보텀	사자 역도 내가 하게 해 줘. 내 어흥 소리를 들으면 누구든지 마음이 시원하게 해 줄 테 야. 내가 어흥 하면 공작님은 '어흥 한 번 더 해 봐라, 어흥 한 번 더 해 봐!' 하실 거야.
퀸스	자네가 그걸 너무 무시무시하게 했다가는 공 작 부인과 숙녀들을 놀라게 할 테고 그분들 은 비명을 지르실 거야. 그럼 그걸로 우린 모 두 목매달려 죽을 거야.
모두	목매달려 죽을 거야, 너 나 할 것 없이.
보텀	이봐요, 만약에 여러분들이 숙녀들을 겁줘 서 혼을 빼 놓는다면 그분들이 우릴 목매달 도리밖에 없다는 걸 인정합니다. 하지만 난 목소리를 악화시켜 젖 빠는 비둘기처럼 부드

60

65

70

75

80

24

럽게 어흥 할 거라고요. 마치 꾀꼬리가 된 것
처럼 어흥 할 거란 말입니다.

퀸스 자넨 피라무스 말고 어떤 역도 할 수 없어.
왜냐하면 피라무스는 잘생긴 남자니까. 여름 85
날에 만나는 남자처럼 멋진 사람이고 가장
사랑스러운 신사 같은 남자니까. 그러니까 자
넨 피라무스 역을 해야만 해.

보텀 그렇다면, 내가 맡도록 하지. 어떤 수염을 달
고 그 역을 하는 게 가장 좋을까? 90

퀸스 그야 자네 맘대로지.

보텀 난 그걸 그 흔한 밀짚 색깔 수염이나, 그 흔
한 오렌지 갈색 수염이나, 그 흔한 자주색 물
들인 수염이나, 그 흔하고 완벅한 노랑, 그 흔
한 프랑스 금화 색깔 수염으로 해낼 거야. 95

퀸스 그 흔한 프랑스 병에 걸린 사람 머리엔 금화
처럼 털이 전혀 없지, 그래서 수염 없이 연기
할 거야. 하지만 이보게들, 이게 자네들 각자
의 역할이야. 그리고 자네들에게 간청컨대,
요청컨대, 요망컨대 내일 저녁까지 외워 주 100
길 바라네. 그런 다음 시내에서 일 마일 떨어

81행 악화 '약화'가 맞는 말이다.
94행 완벅한 '완벽한'를 정확하게 발음하지 못한 결과.
96행 프랑스 병 매독을 가리키며, 털이 빠지는 것은 그 증상 가운데 하나이다.

진 궁정 숲에서 달밤에 만나세. 우린 거기에
서 연습할 거야, 시내에서 만나면 사람들이
우리 뒤를 밟아서 계획이 알려질 테니까. 난
그동안 극에 필요한 소도구 목록을 만들어   105
보겠네. 날 실망시키지들 말게나.

보텀　우린 만날 거야, 그리고 거기에서 가장 음란
하고 용감하게 연습할 거야. 신경들 쓰라고,
완벽하도록. 안녕!

퀸스　공작의 참나무 밑에서 만나세.   110

보텀　됐어. 안 나오면 꽝이지 뭐.　　　(함께 퇴장)

2막 1장
한쪽 문에서 요정, 다른 쪽 문에서 퍽 등장.

퍽　웬일로, 정령아, 어딜 그리 쏘다녀?

요정　　　언덕 넘어 골짝 넘어

　　　　수풀 지나 덤불 지나

　　　　수렵장과 울짱 넘어

　　　　큰물과 불을 지나   5

107~108행 음란하고　추측건대 아마도 '은밀하고'를 잘못 말해서 이렇게 된
듯하다. (RSC)
2막 1장 장소　아테네 근처의 숲.

달의 천구층보다 더 빠르게

내가 아니 쏘다니는 곳은 없어.

그리고 난 요정 여왕 위하여

이슬로 풀밭 위에 원을 그려.

큰 앵초는 여왕 근위병인데　　　　　　　　10

그들의 금 외투에 박힌 점은

요정들이 하사받은 홍옥이고

그 반점엔 향내가 살아 있어.

난 이곳 이슬방울 열심히 찾아내어

모든 앵초 귀에다 진주를 달아야 해.　　　　15

잘 가라, 촌뜨기 정령아, 나도 갈게.

여왕께서 요정 다 데리고 곧 이리로 오실 거야.

퍽　왕께서는 오늘 밤 여기서 잔치를 벌이셔,

여왕이 그의 눈에 안 띄도록 조심해.

오베론은 극도로 사납고 화나셨어,　　　　　20

인도의 왕에게서 훔쳐 온 미소년을

그녀가 시종으로 가졌기 때문이야. ―

그렇게 귀여운 업둥이 그녀에겐 없었지.

질투에 찬 오베론은 거친 숲 속 돌아다닐

수행원 기사로 그 애를 가지려 하지만　　　25

그녀는 사랑하는 소년을 억류하고

6행 천구층　고대인들은 행성, 별, 천체가 여기에 붙어 함께 움직이는 것으로
믿었다.

화환을 씌워 주며 애지중지하고 있어.
그래서 두 분이 숲 속이든 풀밭 위든
맑은 샘 주변이든 별빛 밝은 밤이든
만나면 다투게 되니까 모든 요정 두려워서   30
도토리 꼭지 속에 기어들어 숨는단다.

요정 네 형상을 완전히 착각한 게 아니라면
넌 바로 교활하고 짓궂은 정령인
로빈 굿펠로야. 네가 바로 마을의 처녀들을
놀라게 만들고 우유 기름 걷어 내며   35
때로는 맷돌을 안에서 조작하여
숨 가쁜 아낙네가 헛돌리게 만들고
때로는 술 효모가 안 생기게 하거나
밤 길손들 속여 먹고 다치면 웃는 애지?
널 도깨비, 친절한 퍽이라고 부르는 사람들   40
넌 그들을 도와주고 행운을 가져다줘.
그게 바로 너잖아?

퍽   네 말이 맞았어.
내가 바로 그 유쾌한 밤의 방랑자란다.
난 어릿광대짓으로 오베론을 웃겨 드려,
콩 먹고 통통해진 말처럼 변장하고   45
암 망아지 목소리로 히힝 하고 울면서.
난 때로 불에 구운 능금과 꼭 같은 형태로
수다쟁이 사발 속에 몰래 숨어 있다가
그녀가 마실 때 입술을 탁 치고

주름 잡힌 늙은 목에 술을 쏟게 만들지.　　　　50

똑똑한 노파께서 가장 슬픈 얘기할 때

때론 나를 삼발이 의자로 잘못 알아.

그때 내가 잽싸게 몸을 빼면 그녀는 넘어지며

'어이쿠' 소리친 다음에 헛기침한단다.

그러면 모든 청중 배꼽 쥐고 웃으며　　　　55

넘치는 기쁨 속에 재채기하면서 맹세하길

더 유쾌한 시간은 없었다고 말들 하지.

하지만 비켜라, 요정아! 오베론 나오신다.

요정　여왕님도 오시네. 저분은 가셨으면 좋겠어!

한쪽 문에서 요정의 왕 오베론, 그의 시종들과 함께,

다른 쪽에서 여왕 티타니아, 그녀의 시종들과 함께 등장.

오베론　달빛 아래 잘못 만난 오만한 티타니아.　　　　60

티타니아　흥, 질투하는 오베론? 요정들아, 저리 가.

난 그와 잠자리도 동무도 그만뒀어.

오베론　멈춰라, 성급한 것! 내가 남편 아니더냐?

티타니아　그럼 난 당신의 부인이죠. 하지만 난 알아요,

언제쯤 당신이 요정 나라 빠져나가　　　　65

코린의 모습으로 하루 종일 앉아서

66행 코린　목가에 흔히 등장하는 양치기의 이름. 다음 줄의 필리다는 여자
양치기의 이름.

매혹적인 필리다에게 보리피리 불어 주며
사랑을 읊었는지. 여긴 왜 왔어요,
머나 먼 인도에서 온 이유가 뭐예요?
장화 신은 아가씨, 당신의 무사 애인,   70
저 씩씩한 아마존의 여왕이 테세우스와
결혼해야 되니까 그들의 혼인과 후손을
축복해 주려고 온 것이 틀림없잖아요?

오베론   티타니아, 어떻게 당신이 창피하게
히폴리타 끌어들여 내 평판을 건드리오,   75
당신의 테세우스 사랑을 내가 아는 줄 알면서?
페리구네 강간한 그 친구를 당신이
희미한 밤중에 달아나게 인도해 줬잖소?
또한 그가 아름다운 이글스와 아리아드네,
안티오파와도 서약을 깨게 하지 않았소?   80

티타니아   그건 다 질투심이 꾸며 낸 거짓말이에요.
그래서 우리가 한여름이 시작된 이래로
언덕이나 골짜기나 숲이나 초원에서
자갈 깔린 연못가나 골풀 덮인 개울가나
평평한 해변에서 속삭이는 바람 따라   85
원무를 추려고 만나기만 했다 하면

77~80행 페리구네⋯안티오파 모두 테세우스가 사랑했던 여인들. 이 가운데 미
궁에 갇혀 있는 미노타우로스를 죽이고 그곳을 빠져나오도록 도움을 주었
으나 나중에 버림받은 아리아드네 이야기는 잘 알려져 있었다. (뉴펭귄)

당신은 소란 피워 우리 놀이 방해했죠.
따라서 바람은 우리에게 헛되이 불고 나서
복수라도 하듯이 유독성 안개를
바다에서 빨아올려 땅 위에다 떨구니까   90
시시한 강들조차 모조리 오만하게 부풀어
막고 있는 강둑을 넘어가게 되었어요.
따라서 황소들은 헛되이 멍에 끌고
농부는 땀방울을 낭비하며 푸른 밀은
다 커서 수염도 달기 전에 썩었고   95
물에 잠긴 들판의 양 우리는 비었으며
까마귀는 병든 가축 시체들로 살이 찌고
모리스 춤 터에는 진흙만 가득하며
무성한 풀밭 위의 정교한 미로들은
아무도 밟지 않아 식별이 불가능해졌어요.   100
인간들은 겨울철의 생기가 모자라고
밤에도 찬송가나 축가를 들을 수 없어요.
그 때문에 홍수를 관장하는 달님이
창백한 분노의 빛으로 온 대기를 적시니
류머티즘 계통의 질병이 쫙 퍼졌죠.   105
이러한 이변의 결과로 우리는 계절이
뒤바뀐 걸 봅니다. 백발의 무서리가
새빨간 장미의 싱싱한 꽃잎 위에 내리고

98행 모리스 춤 영국 북부에서 기원된 민속 무용으로 오월제에 흔히 추었다.

노인 같은 겨울의 얇고도 차가운 머리 위엔
아름답고 향기로운 여름 꽃눈 화환이   110
조롱하듯 얹혔으며, 봄과 또 여름과
결실의 가을과 분노한 겨울이
평상복을 바꾸니까 당황한 세상이 이제는
어느 게 어느 계절 산물인지 몰라요.
바로 이런 폐해가 생겨나게 만든 것이   115
우리 둘의 싸움이고 우리 둘의 다툼이며
우리가 그 원인 제공자란 말이에요.

오베론   그렇다면 고쳐 봐요, 당신한테 달렸으니.
티타니아가 왜 오베론을 거역해야만 하오?
난 꼬마 업둥이 하나를 으뜸 시동 삼으려고   120
구걸하는 것뿐인데.

티타니아   마음 푹 놓으세요.
요정 나라 다 준대도 내게서 못 사가요.
걔 어미는 날 섬기는 여신도였는데
향내 나는 인도 공기 맡으며 밤중에
내 곁에서 정말 자주 수다를 떨었고   125
바다 위를 항해하는 무역선을 지켜보며
넵튠의 황금빛 모래 위에 같이 앉아 있었죠.
그때 우린 돛들이 음탕한 바람으로
배불러지는 걸 보면서 웃었는데 그녀는
(내 어린 종자로 크게 부푼 자궁 안고)   130
헤엄치듯 귀여운 걸음으로 그 돛을

따라가며 흉내 냈고, 육지 위를 달리며

귀한 상품 가득 싣고 항해에서 돌아오듯

하찮은 것 주워서 내게 다시 돌아왔죠.

하지만 인간인 그녀는 개 때문에 죽었고   135

난 그녀를 위하여 그 애를 기르며

그녀를 위하여 그 애와 떨어지지 않겠어요.

오베론 이 숲 속엔 얼마나 머무를 작정이오?

티타니아 아마도 테세우스 결혼 날 뒤까지요.

당신이 인내하며 우리와 원무 추고   140

우리의 달밤 잔치 보겠다면 같이 가고

아니면 피해요, 나도 당신 멀리할 테니까.

오베론 그 애를 내게 줘요, 그럼 함께 갈 테니까.

티타니아 요정 왕국 준대도 안 돼요. 요정들아, 가자!

더 이상 머물다간 영락없이 싸우겠다.   145

(티타니아와 시종들 함께 퇴장)

오베론 그래, 가 봐. 수풀을 벗어나기 이전에

이 모욕의 대가로 고문을 해 줄 테니.

귀여운 퍽, 이리 와. 넌 기억하느냐?

내가 한번 높은 곳에 앉아서 듣자 하니

돌고래 등에 탄 인어 아가씨 하나가   150

너무나도 감미로운 화음을 뽑아내어

그녀의 노래에 거친 바다 가라앉고

별들이 그 바다 아가씨의 음악을 들으려고

미친 듯이 궤도를 뛰쳐나갔던 때를?

퍽	기억해요.
오베론	바로 그 순간에 (너는 못 봤지만) 나는 봤어, 155
	차가운 달님과 땅 사이를 날아가는
	중무장한 큐피드를. 서쪽에서 등극한
	아름다운 정녀(貞女)를 그는 겨냥했었고
	십만의 가슴을 꿰뚫을 듯 세차게
	사랑의 화살을 시위를 놓으면서 날렸지. 160
	하지만 그 어린 큐피드의 불같은 화살은
	순결하고 습기 찬 달빛 속에 꺼졌으며
	수녀 여왕께서는 연정에 안 빠진 채
	처녀의 명상을 계속하고 계셨단다.
	근데 난 그 화살이 떨어진 곳 지켜봤어. 165
	서쪽의 작은 꽃에 떨어졌고 원래의 우윳빛이
	사랑의 상처로 이제는 자주로 변했는데
	처녀들은 그것을 팬지라고 부른단다.
	내가 한 번 보여 줬던 그 꽃을 가져와라,
	잠자는 눈꺼풀에 그 꽃 즙을 바르면 170
	눈 뜨고 처음 보는 생물에게, 남자든 여자든
	미치도록 혹하게 만들 수 있단다.
	그 약초를 가져와, 그런 다음 너는 다시
	큰 고래가 삼 마일을 가기 전에 여기로 와.
퍽	사십 분 안으로 지구에게 허리띠를 175

158행 정녀 엘리자베스 여왕을 가리킨다.

빙 둘러 매 줄게요.　　　　　　　　　　(퇴장)

오베론　　　　　　　　　그 즙을 얻은 다음

티타니아가 잠들 때를 기다리고 있다가

그녀의 눈 속으로 이 액체를 넣어야지.

그녀는 깨났을 때 처음으로 보는 것을

(사자든 곰이든 늑대든 황소든　　　　　　　180

성가신 성성이든 참견하는 원숭이든)

사랑의 일념으로 뒤쫓게 될 것이다.

그리고 그녀의 시야에서 마법을 풀기 전에

(또 다른 약초로 풀어 줄 수 있으니까)

자신의 시동을 내놓게 만들 테다.　　　　　185

그런데 이 누구야? 이들 눈에 난 안 보여,

그래서 이들의 대화를 엿들어 볼 테다.

드미트리우스와 그를 따르는 헬레나 등장.

드미트리우스　난 너를 사랑 안 해, 그러니까 뒤쫓지 마.

라이샌더와 아름다운 허미아는 어디 있어?

하난 내가 죽일 거고 다른 하난 나를 죽여,　190

그들이 이 숲으로 도망쳤다 했잖아.

그래서 난 여기 왔고 이 숲에서 미치겠어,

왜냐하면 허미아를 만나볼 수 없으니까.

저리가, 사라져, 더 이상 날 쫓지 마.

헬레나　　자석 같은 심장 가진 당신이 날 끌어요. ─　195

하지만 쇠는 안 끄네요, 내 심장은

강철같이 진실한데. 끄는 힘을 버리면

당신 쫓는 내 힘도 없어질 거예요.

드미트리우스 내가 너를 유혹해? 살갑게 말을 해?

그보다는 오히려 너를 사랑하지도   200

할 수도 없다고 명백하게 말하잖아?

헬레나 바로 그 때문에 더욱더 사랑해요.

난 당신 애완견이에요, 그래서 드미트리우스,

당신이 때리면 때릴수록 아첨할 거예요.

애완견 다루듯이 나를 차고 때리고   205

무시하고 버리세요. 하지만 당신을 따르게

그럴 가치 없더라도, 허락만 해 줘요.

당신의 개 다루듯 날 다뤄 달라는 것보다

(내게는 그것도 존귀한 처지이긴 하지만)

더 나쁜 처지를 내가 어찌 구걸해요?   210

드미트리우스 내 마음의 증오심을 너무 부추기지 마,

너를 보기만 해도 구역질이 나니까.

헬레나 나는 당신 못 보면 구역질이 나는데.

드미트리우스 당신은 당신의 정숙함을 너무 크게

훼손하고 있어요. 도시를 떠나서   215

사랑 않는 사람 손에 자신을 내맡기고

당신의 처녀성이라는 값비싼 물건을

야밤의 기회와 인적 없는 장소의

나쁜 꾐을 믿고서 넘기다니 말이오.

헬레나	당신의 미덕이 내 특권이에요. 그 때문에	220
	당신 얼굴 볼 때면 밤이 아니랍니다.	
	그래서 난 어둠 속에 있단 생각 안 들고	
	이 숲 속에 세상 만물 없지도 않아요,	
	내 보기엔 당신이 온 세상이니까.	
	그렇다면 어떻게 나 혼자라 할 수 있죠,	225
	온 세상이 여기서 나를 보고 있는데?	

드미트리우스 난 도망칠 거고 덤불 속에 숨은 다음
야수들의 처분에 널 맡겨 둘 거야.

헬레나 최악의 야수라도 마음은 당신 같지 않아요.
마음대로 달아나요, 얘기가 바뀔 테니. 230
아폴로가 도망가고 다프네가 추적하며
비둘기가 그리핀 뒤쫓고 온순한 암사슴이
호랑이 잡으려 속력을 낸다고요—헛속력을,
겁보가 뒤쫓고 용사가 줄행랑을 치니까!

드미트리우스 질문받고 있지는 않을 테야. 가게 해 줘. 235
만약 나를 따라오면 숲 속에서 너에게
못된 짓을 할 테니까 날 믿지 말라고.

헬레나 그래요, 신전에서 도시에서 들판에서
못된 짓을 했어요. 아이참, 드미트리우스!

231행 아폴로⋯다프네 그리스 신화에서 아폴로는 다프네를 사랑하여 뒤쫓지
만 그녀는 붙잡힐 순간에 아버지인 강의 신의 도움으로 월계수로 변신한다.
232행 그리핀 독수리의 머리와 날개에 사자의 몸통을 가진 전설상의 괴물.

당신의 잘못은 여성을 정말로 욕보여요.   240
우리는 남자처럼 사랑 놓고 못 싸워요.
구애를 받아야지 하라고 만든 게 아니에요.

                              (드미트리우스 퇴장)

뒤따를 거예요, 그래서 너무나 사랑하는
그 손에 죽어서 지옥을 천국 만들 거예요.

                                        (퇴장)

오베론 잘 가라, 요정아. 그가 숲을 뜨기 전에   245
도망은 네가 치고 사랑은 그가 구할 것이다.

                    퍽 등장.

그 꽃을 가져왔어? 어서 와, 떠돌이야.
퍽 예, 여깄어요.
오베론   이리 좀 줘 봐라.
난 야생의 백리향이 활짝 피고 앵초와
머리 숙인 제비꽃이 자라며, 해당화,   250
향기로운 사향 장미, 감미로운 인동으로
완전히 뒤덮인 언덕을 알고 있어.
거기서 티타니아는 꽃들에 파묻혀
춤과 기쁨, 자장가로 밤중에 잠든단다.
그곳에서 큰 뱀은 칠보 허물 벗는데   255
그 넓이가 요정 하나 감쌀 정도 될 거야.
그럼 난 이 즙으로 그녀 눈을 문질러

혐오스러운 환상들이 가득 차게 만들 테다.
너도 조금 가지고 이 숲 속을 뒤져 봐라.
아테네 아가씨 하나가 경멸에 찬 청년을   260
사랑하고 있단다. 그의 눈에 칠해 줘라.
하지만 그다음에 그가 알아보는 것이
그 아가씨이도록 해. 남자가 걸친 게
아테네 복장이니 식별할 수 있을 거다.
그녀가 애인을 좋아하는 것보다 남자가 더   265
좋아하게 되도록 조심해서 시행해라.
그리고 첫닭이 울기 전에 날 만나도록 해.

퍽   걱정하지 마십시오, 주인님, 그리하겠습니다.

(함께 퇴장)

2막 2장
요정 여왕 티타니아, 시종들과 함께 등장.

티타니아   자 이제, 원무 추고 요정 노래 불러라.
그런 다음 삼분의 일 분 뒤에 물러가라.
일부는 사향 장미 봉오리 속 자벌레를 죽이고
일부는 박쥐의 날개 가죽 싸워 뜯어
꼬마 요정 옷 지어라. 또 일부는 밤마다   5

2막 2장 장소 아테네 근처의 숲.

아리따운 우리 요정 궁금하여 소란 떠는
부엉이를 막아라. 자 이제, 노래로 날 재워라.
그런 다음 일들 보고 날 쉬게 해 줘라.

요정들이 노래한다.

요정 1   혓바닥 갈라진 점박이 뱀들과
             가시 많은 고슴도치, 숨어라.   10
             도롱뇽 도마뱀아 해코지하지 마라,
             요정 여왕 근처에 오지 마라.
합창   필로멜라야, 가락 맞게
                    고운 음의 자장가를 부르자.
             자장, 자장, 자장가, 자장, 자장, 자장가.   15
                    해악은 절대 안 돼,
                    주문이나 마법도
             고운 마마 근처엔 오지 마라.
             그러면 자장가로 주무세요.
요정 1   실 짜는 거미들아, 예 오지 마.   20
             저리 가, 긴 다리 벌레들아, 저리 가!
             갑충들아, 이리 다가오지 마,

13행 필로멜라 그리스 신화에 의하면 아테네의 왕 판디온의 딸이었던 필로멜라는 형부인 테레우스에게 강간을 당한 다음 혀를 잘렸고, 나중에는 밤꾀꼬리(나이팅게일)로 변신한다.

지렁이, 달팽이도 나쁜 짓 하지 마.

합창　필로멜라야, 가락 맞게……

(티타니아, 잠든다.)

요정 2　저리 가, 물러나! 다 잘됐어.　　　　25

하나는 떨어져서 보초 서고.

(요정들 함께 퇴장)

오베론 등장, 티타니아의 눈꺼풀에 즙을 짜 넣는다.

오베론　잠 깼을 때 뭘 보든지 그것을

참사랑의 님으로 생각해라.

그것을 사랑하고 갈망해라.

살쾡이든 고양이든 곰이든　　　　30

표범이든 억센 털 산돼지든

깨났을 때 네 눈앞에 나타나면

그게 바로 애인이란 말이다.

좀 고약한 것 옆에서 깨어나라. (퇴장)

라이샌더와 허미아 등장.

라이샌더　자기, 숲 속을 헤매느라 허약해 보이네.　　　　35

그런데 사실 난 길을 잃어버렸어.

괜찮다고 생각하면 쉬어 가자, 허미아,

그런 다음 아침의 위안을 기다리자.

허미아	그러자, 라이샌더. 잠자리를 찾아봐,
	나는 이 언덕에 머리 대고 쉴 테니까.	40
라이샌더	잔디 덩이 하나면 둘의 베개 될 거야.
	한 마음, 한 침대, 두 가슴에 진실은 하나니까.
허미아	안 돼, 라이샌더. 자기도 날 위해
	저만치 가서 누워. 너무 곁에 눕지 말고.
라이샌더	오, 자기, 순수한 내 본심을 알아 줘!	45
	사랑의 대화에선 사랑으로 뜻을 알아.
	내 마음은 자기 것과 엮어져 있으니까
	한 마음이 될 수밖에 없다는 뜻이야.
	두 가슴이 한 맹세로 묶여져 있으니까
	가슴은 둘이지만 진실은 단 하나야.	50
	그렇다면 자기 곁에 내 잠자리 허락해 줘,
	그렇게 자는 건, 허미아, 자는 게 아니니까.
허미아	라이샌더는 수수께끼 참 귀엽게 말하네.
	라이샌더 얘기를 자자는 뜻으로 들었다면
	허미아의 품행과 자존심은 욕먹어도 쌀 거야.	55
	하지만 자기야, 사랑과 예절 때문에라도
	저만치 누워서 자, 점잖게 말이야.
	정숙한 처녀와 총각에게 어울린다,
	그렇게 말하는 게 당연한 거리만큼
	떨어져 줘. 그런 다음 친구야, 잘 자.	60
	네 생명 다하도록 사랑 변치 말기를!
라이샌더	그럼, 그럼, 아름다운 그 기도가 맞고말고.

내 마음 변할 때 내 생명도 끝나리라!
이게 내 침대야. 잠의 휴식 다 네게 오기를!

허미아   그 소원의 절반으로 너도 편히 잠들기를!   65

(둘은 잠든다.)

퍽 등장.

퍽   숲 속을 샅샅이 뒤졌으나
아테네 사람은 못 찾겠네,
사랑을 일으키는 이 꽃 힘을
그 눈에 시험하고 싶은데.
조용한 밤중에 ─ 이 누구야?   70
아테네 복장을 하고 있군.
주인님 말씀으론 이자가
이 아테네 처녀를 경멸했어.
그래서 처녀는 차갑고 더러운
이쪽 땅에 깊이 잠들었구먼.   75
예쁜 것, 무정하고 예절 없는
이자 곁엔 안 눕는다 했었군.
촌놈아, 마법 꽃의 온 힘을
네 눈에 몰아넣어 주겠다.
깨어나면 너는 사랑 때문에   80
한순간도 눈 못 붙일 것이다.
그러니까 나 떠난 뒤 깨어나라,

난 이제 오베론께 가 봐야 하니까.

(퇴장)

드미트리우스와 헬레나 뛰면서 등장.

헬레나　　날 죽여도 좋으니 멈춰요, 드미트리우스.
드미트리우스　명령이야, 저리 가, 달라붙지 말라고.　　　　　　85
헬레나　　오, 어둠 속에 날 버려요? 그럭하지 마세요.
드미트리우스　멈춰, 위험을 각오해. 난 혼자 갈 거야.　(퇴장)
헬레나　　오, 어리석게 뒤쫓느라 숨차서 죽겠네!
　　　　　내가 빌면 빌수록 품위가 더 없어져.
　　　　　어디에 누워 있든 허미아는 복도 많지,　　　90
　　　　　축복받고 매력적인 눈을 가졌으니까.
　　　　　걔 눈은 왜 그리 빛날까? 짠물로는 아니야,
　　　　　내 눈이 걔 눈보다 더 자주 씻기니까.
　　　　　아냐, 그건 아냐. 난 곰처럼 못생겼어,
　　　　　짐승들도 날 만나면 겁나서 내빼니까.　　　95
　　　　　그러니까 드미트리우스가 저렇게
　　　　　괴물 본 듯 도망가도 놀랄 것 하나 없지.
　　　　　내 거울 어느 것이 사악하게 날 속이고
　　　　　허미아의 별 같은 두 눈과 비교해 보랬지?
　　　　　근데 이 누구야? 라이샌더가 땅바닥에?　　　100
　　　　　죽었나, 잠자나? 피도 없고 상처도 없잖아.
　　　　　이봐요 라이샌더, 살았으면 일어나요!

라이샌더	(깨어나며)
	그리고 소중한 그대 위해 불에 뛰어들리라!
	투명한 헬레나여, 조물주의 기술로
	그 가슴속 심장을 내가 볼 수 있군요. 105
	드미트리우스 어딨소? 오, 비천한 그 이름은
	내 칼날에 사라지기 딱 좋은 말 아닌가!
헬레나	그런 말 마세요, 라이샌더, 말라고요.
	그이가 허미아 사랑하면 어때서요? 참, 어때서!
	허미아의 당신 사랑 영원하니 만족해요. 110
라이샌더	허미아에 만족을? 아뇨. 그녀와 함께 보낸
	지겨운 순간들을 후회하는 바입니다.
	허미아가 아니라 헬레나를 사랑하오.
	그 누가 까마귀를 비둘기와 안 바꿔요?
	인간의 욕망은 이성이 지배하고 그 이성은 115
	당신이 더 훌륭한 처녀라고 말한다오.
	자라는 것들은 때가 와야 익는 법,
	어린 나는 지금까지 이성이 덜 익었소.
	근데 이젠 식별력이 정점에 도달하여
	이성이 내 욕망의 안내인이 된 다음 120
	당신의 눈으로 날 인도하였고 난 거기서
	가장 귀한 사랑책의 사랑 역사 읽는다오.
헬레나	이렇게 심한 조롱 받는 게 내 팔자인가요?
	이런 멸시 받을 일을 당신에게 했던가요?
	그만하면 됐잖아요, 그만하면 됐잖아요, 125

내가 드미트리우스의 따뜻한 눈길을

한 번도 못 받고 또 받을 수도 없단 걸로?

그래도 내 무력함을 비웃어야 하겠어요?

그렇게 경멸 조로 나에게 구애하면

정말이지 잘못하는 거예요, 정말로요.   130

하지만 잘 있어요. 부득이 고백하면

난 당신을 더 진실된 신사로 생각했답니다.

오, 한 숙녀가 한 남자의 거절을 받았다고

또 한 명의 남자에게 모욕을 당하다니! (퇴장)

라이샌더 그녀는 허미아를 못 봤어. 허미아, 거기서 자, 135

라이샌더 곁에는 절대로 오지 말고!

왜냐하면 극도로 단 것들을 과식하면

극도의 혐오감이 위장에서 생겨나듯

아니면 사람들이 이단 주장 버릴 때

그것에 속았던 이들이 가장 많이 미워하듯   140

나의 과식, 나의 이단인 너는 모두의 미움을

그러나 가장 크게 내 미움을 살 테니까!

그리고 난 전력을 다하여 헬렌을 공경하고

그녀 기사 되는 데 사랑, 실력, 다 바치리. (퇴장)

허미아 (놀라며)

살려 줘, 라이샌더, 살려 줘! 최선을 다하여   145

내 가슴 위에 있는 이 뱀을 떼어 내 줘!

아, 불쌍해서 어쩌나! 이게 무슨 꿈이야!

라이샌더, 무서워 떨고 있는 나를 좀 봐.

내 생각에 뱀이 내 심장을 파먹고 있는데
너는 그 잔인한 포식에 웃고 앉아 있었어.   150
라이샌더! 뭐야, 떠났어? 라이샌더 님!
뭐, 안 들리는 데로 갔어? 소리도 말도 없어?
아이참, 어딨어요? 들리면 말해 봐요.
참사랑 다 걸고 말해요! 무서워 기절할 참이네.
없나? 그럼, 근처엔 없다는 걸 잘 알았고   155
죽음이든 당신이든 곧장 찾을 거예요.   (퇴장)
(티타니아는 여전히 누워 잠잔다.)

3막 1장
티타니아는 계속 누워 잠잔다.
퀸스, 보텀, 스넉, 플루트, 스나우트 및
스타블링 등장.

보텀 다 모였어?

퀸스 그럼, 그럼. 근데 여기에 우리가 연습하기 기
막히게 좋은 장소가 있구먼. 이 푸른 풀밭은
우리의 무대, 이 산사나무 덤불은 우리의 의
상실이 될 거야. 그리고 우리는 공작님 앞에   5
서 하듯이 행동으로 해 볼 거야.

3막 1장 장소 아테네 근처의 숲.

보텀　퀸스 형!

퀸스　왜 그러나, 보텀 대장?

보텀　이 피라무스와 티스베의 코미디에는 절대로
　　　즐겁지 못한 일들이 있어. 첫째, 피라무스는　10
　　　자살하려고 칼을 뽑아야만 하는데 그건 숙녀
　　　들이 못 참아 줄 거야. 이 문제를 어쩔 테야?

스나우트　어이쿠, 엄청 겁나네.

스타블링　아무튼 죽는 건 빼 버려야 된다고 생각해.

보텀　천만의 말씀! 다 잘되게 할 방법이 내게 있　15
　　　어. 머리말을 하나 쓰라고, 그리고 그 머리말
　　　에서 우리가 칼을 가지고 아무런 해도 입히
　　　지 않을 것 같다고 말해. 또 피라무스는 진
　　　짜 죽는 게 아니라는 말도 하고. 그리고 좀
　　　더 크게 확신을 주려면 나 피라무스는 피라　20
　　　무스가 아니고 베틀장이 보텀이라고 말해
　　　줘. 그걸로 무서움은 없어질 거야.

퀸스　좋아, 그런 머리말을 하나 붙이지. 근데 그건
　　　팔육조로 쓸 거야.

보텀　아니. 둘을 더 늘려서 팔팔조로 쓰지그래.　25

스나우트　숙녀들이 사자를 두려워하시지는 않을까?

스타블링　그럴 것 같아, 틀림없어.

보텀　여러분, 좀 곰곰이 생각들 해 봐요. 숙녀들
　　　가운데로 사자를 데려온다는 건 (하느님 맙
　　　소사!) 최고로 무시무시한 일이란 말씀이　30

야. 이른바 살아 있는 사자보다 더 무서운 날짐승은 없으니까. 우린 그 점에 신경을 써야 해.

스나우트 그러니까 또 하나의 머리말로 그 사람은 사자가 아니라고 해야겠네. 35

보텀 아니, 그의 이름을 말해야지, 그리고 얼굴의 반은 사자의 목 밖으로 보여야만 되겠지. 그리고 거기를 통해 이렇게, 또는 이 같은 치지로 말해야 되겠지. '숙녀들이시여' 또는 '고운 숙녀들이시여, 바라옵건대' 또는 '요청하옵건대' 또는 '간청하옵건대 무서워 말고 떨지 마십시오, 제 목숨을 걸지요. 제가 이곳에 사자로 나왔다고 생각하신다면 제 목숨이 불쌍하죠. 아뇨! 전 그런 게 아닙니다. 저도 다른 사람들과 같은 사람입니다.' 그리고 바로 거기에서 자기 이름을 말하고 자기는 땜장이 스나우트라는 걸 분명히 얘기하라고 해. 40 45

퀸스 좋아, 그렇게 하지. 하지만 두 가지 어려운 일이 있는데, 즉 방 안으로 달빛을 들여오는 거야, 알다시피 피라무스와 티스베는 달밤에 만나니까. 50

스나우트 우리가 연극을 하는 그날 밤에 달이 뜨나?

38행 치지 '취지'가 맞는 말이다.

보텀 달력, 달력! 연감을 들여다봐. 달빛을 찾아
봐, 달빛을 찾아보라고!

퀸스 됐어, 그날 밤에 달이 비치는구먼.　　　　55

보텀 그렇다면 우리가 연극하는 큰 방의 창틀을
열어 놓으면 되겠네. 그러면 달빛이 창틀 안
으로 비칠 수 있을 테니까.

퀸스 맞아. 안 그러면 누가 가시덤불과 초롱 하나
를 가지고 들어와서 자기가 달빛이라는 인물　60
을 들어내려고 또는 나타내려고 왔다고 말해
야 되겠지. 그다음 일이 또 하나 있는데, 큰
방 안에 벽이 있어야 해. 피라무스와 티스베
는 (얘기에 의하면) 벽의 틈새를 통해 대화
를 나눴다고 하니까.　　　　　　　　　　65

스나우트 벽은 절대 못 가지고 들어가잖아. 보텀, 어
떻게 할 거야?

보텀 어느 누구 하나가 벽을 나타내야만 되겠지.
몸에 회반죽이나 찰흙이나 초벌칠을 두르고
벽을 표현하도록 하란 말이야. 아니면 손가　70
락을 이렇게 벌리고 있으라고 해, 그러면 그
찢어진 틈으로 피라무스와 티스베가 속삭일
거야.

퀸스 그렇게만 된다면 다 잘될 거야. 자, 너 나 할

61행 들어내려고 '드러내려고'가 맞는 말이다.

것 없이 앉아서 각자의 역할을 연습해 보자 75
고. 피라무스, 자네가 시작해. 대사를 다 말
하고 나거든 저 덤불 속으로 들어가. 그리고
나머지는 각자의 신호를 따르도록 하고.

뒤에서 퍽 등장.

퍽   요정 여왕 요람 침대 이렇게 가까이서
      어떤 천한 촌놈들이 활개를 치고 있지?   80
      아니, 연극이 있다고? 들어나 봐야지,
      이유가 있으면 배우도 될 수 있고.
퀸스   피라무스, 시작해. 티스베, 이리 나와.
보텀   '티스베, 아름다운 악취 나는 꽃들은'—
퀸스   향취야, 향취!
보텀   —'향취 나는 꽃들은   85
      그대 숨결 같아요, 귀여운 티스베 귀염둥이.
      그런데 목소리다! 잠시만 여기에 머물러요,
      그럼 난 그대에게 곧 나타나리라.'   (퇴장)
퍽   정말로 이상한 피라무스가 놀고 있네! (퇴장)
플루트 대사를 지금 해야 돼요?   90
퀸스   암, 그래야 하고말고. 그는 자기가 들은 소리
      를 보러 나갔을 뿐이고 다시 돌아올 거라는
      사실을 알아야지.
플루트 '가장 밝은 피라무스, 가장 흰 백합꽃 빛,

색깔은 찬란한 넝쿨 위의 붉은 장미 같은데   95
가장 힘찬 청춘에다 가장 멋진 청개구리,
절대로 안 지치는 진실한 말처럼 진실되게
니나노 왕릉에서 내 그대 피라무스 만나리.'
퀸스   이봐, 니누스 왕릉이야! 아니, 그 대사는
아직 해선 안 돼. 그걸로 피라무스에게 답   100
해야지. 자넨 맡은 역의 대사를 모조리, 신
호까지 합쳐서 하고 있어. 피라무스, 등장
해! 자네 신호는 지났어. '절대로 안 지치는'
그거야.
플루트   오. ─ '절대로 안 지치는 진실한 말처럼 진실   105
되게.'

                  퍽과 나귀 머리를 한 보텀 등장.

보텀   '내 비록 고와도, 티스베, 그대 것일 뿐이오.'
퀸스   오, 괴물이다! 오, 이상해! 우리에게 귀신이
붙었어. 이보게들, 제발, 도망쳐, 이보게들!
살려 줘요!   110
            (퀸스, 스닉, 플루트, 스나우트, 스타블링 함께 퇴장)

96행 청개구리 의미와 상관없이 두운과 각운을 맞추기 위해 급조된 원문처
럼 번역에서도 '청춘'의 '청'자에 의해 연상될 수 있는 엉뚱한 말로 옮겼다.
98행 니나노 왕릉 니네베의 전설적인 창건자인 니누스의 왕릉을 이렇게 잘못
외웠다.

퍽	너희들을 따라가서 한 바퀴 돌릴 테다!
	습지 넘어 덤불 넘어 수풀 넘어 넝쿨 넘어
	때로는 말이 되고 때로는 사냥개
	돼지나 목 없는 곰, 때로는 불이 되어
	말, 사냥개, 돼지, 곰, 불처럼 곳곳에서 115
	히히힝, 컹컹, 꿀꿀, 으르렁대거나 태울 테다.
보텀	왜 달아나는 거지? 이건 날 겁주려고 벌이는
	짓궂은 장난이야.

스나우트 등장.

스나우트	오, 보텀, 넌 변했어! 머리 위에 보이는 그게
	뭐야? 120
보텀	보이는 게 뭐냐고? 바보 같은 당신의 나귀
	머리가 보이겠지, 안 그래요? (스나우트 퇴장)

퀸스 등장.

퀸스	맙소사, 보텀, 맙소사! 자네 모습이 바뀌었어.
	(퇴장)
보텀	무슨 장난인지 알았다. 이건 날 바보로 만들
	고 놀래려는 거야, 그럭할 수 있다면. 하지만 125
	난 그들이 어떡하든 이곳에서 꿈쩍도 않을
	거야. 난 여기서 이리저리 거닐면서 노래할

거야, 그러면 내가 겁먹지 않았다는 걸 알아
듣겠지.

130

      '몹시 검은 색깔의 수지빠귀

         귤 갈색의 부리 있고

      몹시 참된 노래하는 티티새,

         목 짧은 굴뚝새 ─

티타니아   (깨면서)

웬 천사가 꽃 침대에 누운 나를 깨우실까?

보텀   (노래한다.)

      '피리새, 참새와 종달새,   135

         쉬운 노래 부르는 재 뻐꾸기,

      뭇 남자들 그 가락은 잘 알지만

         아니라고 감히 대꾸 못 하지.─

왜냐하면 사실 누가 그렇게 멍청한 새와 머리싸

움을 하겠어? 뻐꾸기가 '뺏겼다.'고 아무리 140

떠들어 댄다 한들 누가 새한테 거짓말이야,

그러겠어?

티타니아   고상한 인간이여, 다시 한 번 노래해요.

내 귀는 당신의 가락에 쏙 반했고

눈 또한 당신의 형상에 사로잡혔으며   145

당신의 아름다운 미덕은 나에게 강제로

137~138행 남자들…하지 뻐꾸기 울음소리(cuckoo)와 오쟁이 진 남자(cuckold)
의 발음이 비슷한 데서 유래한 농담을 염두에 두고 하는 말.

첫눈에 사랑을 말하고 맹세케 한답니다.

보텀 제 생각에 부인께서는 그러실 이유가 없는
것 같은데요. 그래도 사실을 말하면 사랑과
이성은 요즈음 거의 자리를 같이하지 않는   150
답니다. 더욱 유감인 건 정직한 이웃들이 그
들을 친구로 만들어 주지 않는다는 거지요.
그렇지, 나도 때로는 뼈 있는 농담을 할 수
있어.

티타니아 당신은 아름다운 만큼이나 현명해요.   155

보텀 둘 다 아닌데요. 하지만 이 숲을 빠져나가기
에 충분한 기지만 있다면 제 소용에 닿을 만
큼 충분하겠습니다.

티타니아 이 숲에서 나가기를 바라지 마셔요,
원하든 원치 않든 여기 남게 될 테니까.   160
난 보통의 평가 받는 정령이 아니에요.
여름은 항상 나를 수행하며 시중들고
난 정말 당신을 사랑해요, 그러니 함께 가요.
당신께 시중들 요정들을 드릴게요.
그들은 깊은 바닷속에서 보석을 가져오고   165
당신이 꽃잎 깔고 잠잘 때 노래할 거예요.
난 당신의 조잡한 육신을 정화하여
공중의 정령처럼 움직이게 할 거예요.
완두꽃! 거미줄! 티끌과 겨자씨야!

네 요정, 완두꽃, 거미줄, 티끌, 겨자씨 등장.

완두꽃   여기요.

거미줄   저도.

티끌   저도.

겨자씨   저도요.

모두   어디로 갈까요?   170

티타니아   친절하고 정중하게 이 어른을 모셔라.

          걸으실 땐 깡충 뛰고 눈앞에선 팔딱 뛰며

          살구와 나무딸기, 자주색 포도와

          초록색 무화과와 오디를 따 드려라.

          땅벌들의 꿀 주머니 빼앗아 올 것이며   175

          밀랍 오른 그 허벅지 긁어내어 초 만들고

          타오르는 개똥벌레 눈으로 불 밝혀라,

          내 님이 취침과 기상을 하시도록.

          그리고 채색된 나비 날개 뜯어내어

          잠든 님의 눈 속 달빛 부채질로 쓸어 내라.   180

          얘들아, 이분께 고개 숙여 예의를 표해라.

완두꽃   인간님께 경례!

거미줄   경례!

티끌   경례!

겨자씨   경례!   185

보텀   여러분의 용서를 빕니다, 진심으로. 귀하의

          이름을 간청드립니다.

거미줄	거미줄이에요.
보텀	당신과 친분이 좀 더 두터워지기를 바랍니다, 거미줄 양반. 내가 손가락을 잘랐을 때 190 감히 당신을 쓰겠습니다. 신사분, 당신의 이름은?
완두꽃	완두꽃이요.
보텀	당신 어머니 완두 아주머니와 당신 아버지 완두 아저씨께 부디 안부 좀 전해 주시기 바 195 랍니다. 완두꽃 양반, 당신과도 친분이 좀 더 두터워지기를 바랍니다. 저, 간청컨대 당신의 이름은?
겨자씨	겨자씨랍니다.
보텀	겨자씨 양반, 난 당신의 참을성을 잘 알고 200 있답니다. 저 비겁한 거인 같은 수소 고기가 당신 집안의 수많은 신사분들을 삼켰어요. 단언컨대, 당신 친척들은 전에 내 눈에 눈물이 흐르게 했답니다. 당신과도 좀 더 친분이 두터워지기를 바랍니다, 겨자씨 양반. 205
티타니아	자, 시중을 들면서 내 정자로 모셔라. 달님은 물기 어린 눈으로 보는 것 같구나. 그녀가 울 때면 작은 꽃들 모두가 강탈당한 순결을 슬퍼하며 운단다. 내 님의 혀를 묶고 조용히 모셔 가라. 210

(함께 퇴장)

3막 2장

요정의 왕 오베론 등장.

오베론　티타니아가 잠에서 깨났는지 궁금하군.
　　　　그러면 그녀 눈에 맨 처음 들어와
　　　　극도로 그녀를 혹하게 만든 게 뭐였을까?

퍽 등장.

　　　　심부름꾼 왔구나. 미친 것아, 잘 지냈어?
　　　　귀신 많은 이 수풀에 무슨 밤일이라도?　　　　　5
퍽　　여왕께선 괴물과 사랑에 빠졌어요.
　　　　그녀가 나른하게 잠자는 시간에
　　　　신성하고 은밀한 그녀의 휴식처 가까이
　　　　아테네 상가에서 밥 벌어 먹고사는
　　　　상놈들, 조잡한 장인들 한 무리가　　　　　　10
　　　　위대한 테세우스 혼인날을 염두에 둔
　　　　연극을 연습하러 같이 모였답니다.
　　　　그 우둔한 부류에서 가장 얕은 얼간이가
　　　　그네들 놀이에서 피라무스를 맡았는데
　　　　무대를 떠나서 덤불로 들어갔죠.　　　　　　15
　　　　그때 제가 유리한 기회를 잡았어요.

3막 2장 장소 아테네 근처의 숲.

머리 위에 나귀상을 얹어 줬단 말입니다.
그는 곧 티스베에 화답해야 했기에
저의 가짜 배우가 앞으로 나왔죠. 놈들은
기어오는 포수를 본 야생 거위 떼처럼   20
아니면 붉은 머리 까마귀 무리가
(총성이 울렸을 때 깍깍대며 날아올라)
서로들 흩어지며 맹렬히 하늘 휩쓸 때처럼
그자를 보자마자 동료들은 도망쳤고
그루터기에 걸려서 연거푸 넘어지며   25
'살인이야' 외치고 아테네의 도움을 구했어요.
감각이 확 약해지고 확 겁먹고 길을 잃자
무생물이 놈들에게 해코지를 시작했죠,
찔레와 참가시가 의복을 낚아챘으니까요.
소매든 모자든 내놓으면 다 뺏겼죠.   30
전 이렇게 겁먹고 산란해진 그들을 내몰고
멋진 피라무스는 바뀐 채 거기다 됐는데
티타니아가 그 순간 잠에서 깨어나
곧바로 나귀를 사랑하게 되셨지 뭡니까.

오베론   이건 내 궁리보다 일이 더 잘 풀렸다.   35
그런데 미약을 아테네 사람 눈에
내가 명령한 대로 떨어뜨려 주었느냐?

퍽   자는 그를 덮쳤지요—그 일도 끝냈어요.—
아테네 여인을 곁에 두고. 그래서 깼을 때
그녀를 볼 수밖에 없도록 해 놨어요.   40

드미트리우스와 허미아 등장.

오베론　　몸을 감춰. 이게 그 아테네 사람이야.

퍽　　여자는 맞는데 남자는 아니군요.

드미트리우스　오, 이토록 당신 사랑하는데 왜 그렇게 질책해?

그렇게 독한 말은 지독한 적에게나 해야지.

허미아　　난 지금 꾸짖지만 더 나쁜 대접을 해야겠어.　　45

저주할 근거가 있는 것 같으니까.

잠자는 라이샌더를 네가 죽인 거라면

피 맛을 봤으니까 깊이 들이마시고

어디 나도 죽여 봐.

태양이 낮에게 아무리 충실해도 날 위하는　　50

그 사람만 못하지. 허미아가 자는데

그가 달아난다고? 그 말을 믿느니 차라리

지구에 구멍이 뻥 뚫리고 달이 그 중심을

기어서 빠져나가 정반대편 주민들 사이에서

태양의 낮 기운을 해칠 수 있다고 믿겠어.　　55

그를 죽인 사람은 너밖에 달리 없어.

꼭 살인자 모습이지, 죽은 듯이 섬뜩해.

드미트리우스　꼭 피살자 모습이지, 꼭 나처럼 말이야,

당신의 잔혹성에 심장이 꿰뚫렸으니까.

그런데 살인자 당신은 저 건너 샛별처럼　　60

희미한 궤도에서 밝고 또 맑아 보여.

허미아　　이게 라이샌더와 무슨 상관 있는데? 어딨어?

아, 착한 드미트리우스, 그를 내게 줄 테야?

드미트리우스 차라리 그 시체를 내 개에게 주겠어.

허미아 꺼져라, 이 개자식! 넌 내가 처녀의 인내심,   65

그 한계를 넘게 했어. 그럼 그를 죽였어?

지금부터 절대로 인간 취급 못 받아라!

오, 한 번만 진실을 말해 줘, 날 위해서라도!

깨어 있는 그를 감히 쳐다만 보다가

잠잘 때 죽였어? 오, 위업을 이뤘도다!   70

뱀이나 독사라도 그만큼은 하잖아?

독사가 그랬어! 너, 두 혓바닥 가진 뱀,

너보다 더 잘 무는 독사는 없었을 테니까!

드미트리우스 엉뚱하게 화내면서 격정을 토하는군.

라이샌더의 살육에 난 아무런 죄가 없고   75

그는 내가 알기로 죽지도 않았어.

허미아 그렇다면 제발 그가 잘 있다고 말해 줘.

드미트리우스 그럭하면 그 대가로 내가 뭘 얻는데?

허미아 절대 나를 더는 보지 않는다는 특권이야.

그래서 난 이렇게 미운 너를 떠날 테니   80

그이가 죽었든 살았든 다신 날 보지 마. (퇴장)

드미트리우스 저렇게 심기가 사나울 때 따라갈 일 없어.

그러니까 잠시 여기 머물러 있어야지.

근데 잠이 파산하여 슬픔에게 진 빚으로

72행 두 혓바닥 이렇게 말했다가 저렇게 말하는 사기꾼의 상징.

	슬픔의 무게는 점점 더 무거워지는구나.	85
	내가 만약 여기에서 잠이 오길 기다리면	
	그 빚이 약간은 가벼워질 것이다.	
	(그는 누워서 잠들고 오베론과 퍽은 앞으로 나온다.)	

오베론 어떻게 한 거야? 아주 잘못 생각하고
      참사랑의 시야에 미약을 바르다니.
      너의 오인 때문에 거짓 사랑 안 바뀌고   90
      참사랑이 바뀔 일이 반드시 따를 거다.

퍽   그럼 운이 지배하여 한 사람만 진실되고
      백만은 엇나가 모든 맹세 다 깨겠죠.

오베론 바람보다 더 빨리 숲 속으로 가 보아라.
      그리고 아테네의 헬레나를 찾아내라.   95
      상사병에 걸린 그녀, 신선한 피 다 빼앗는
      사랑의 한숨으로 창백하게 변했단다.
      환영을 이용하여 이리 데려오너라.
      그에 대비, 나는 이 눈에다 마법을 걸겠다.

퍽   가요, 가요, 이렇게 간다고요,   100
      타타르인 활 떠난 화살보다 더 빠르게. (퇴장)

오베론 (드미트리우스의 눈꺼풀에 꽃 즙을 짜 바르며)
           큐피드의 화살 맞은
           자주색 꽃이여,

101행 타타르인 달단 또는 돌궐족으로 이들의 세 겹으로 만들어진 활은 영
국 활보다 더 강력했다. (아든)

이 눈동자 적시어라.

그가 님을 보게 되면　　　　　　　　　　105

그녀는 저 하늘 샛별처럼

찬란하게 빛나리라.

깼을 때 님이 곁에 있거든

그녀에게 개선책을 구해라.

　　　　　　　퍽 등장.

퍽　　　요정들의 대장님,　　　　　　　　110

　　　　　헬레나가 예 왔어요.

　　　　　제가 잘못 보았던 그 청년도

　　　　　사랑 보답 간청하며 왔고요.

　　　　　어리석은 그들 놀음 좀 볼까요?

　　　　　허, 이 바보 인간들 같으니!　　　115

오베론　물러서라. 그들이 소릴 내면

　　　　　드미트리우스가 깨게 된다.

퍽　　　그럼 곧 둘이 함께 구애하고

　　　　　그것만도 오락감이 틀림없죠.

　　　　　제가 가장 즐거워하는 일은　　120

　　　　　뒤죽박죽 뒤섞이는 거랍니다.

　　　　　　　　　　(그들은 물러선다.)

라이샌더와 헬레나 등장.

라이샌더 내가 왜 경멸 조로 구애한다 생각하죠?
　　　　　경멸과 조소에는 눈물이란 없답니다.
　　　　　보세요, 맹세할 때 우는 걸. 이러한 맹세는
　　　　　출발부터 모든 것이 진실임을 드러내요.　　　125
　　　　　이것이 어째서 경멸처럼 보이지요,
　　　　　진실임을 입증하는 휘장을 달았는데?

헬레나　당신의 교활함은 도를 더해 가는군요.
　　　　　진실로 진실을 죽이는, 오, 악마의 성전이여!
　　　　　이 맹세는 허미아의 것인데 그녀를 버려요?　　130
　　　　　두 서약을 달아 보면 당신 무게 달아나요.
　　　　　그녀와 내게 한 맹세를 두 접시에 올리면
　　　　　무게는 같을 거고 농담처럼 가벼워요.

라이샌더 판단력도 없이 난 그녀에게 맹세했소.

헬레나　그녀를 버리는 지금도 없다고 생각해요.　　　135

라이샌더 드미트리우스는 당신 아닌 그녀를 사랑하오.

드미트리우스　(깨면서)

　　　　　오, 헬렌, 여신, 요정이여, 완벽하고 거룩하오!
　　　　　그대 눈을 내 님이여, 어디다 비할까요?
　　　　　수정은 탁하다오. 오, 그대의 완숙한 두 입술,
　　　　　입 맞추는 두 버찌는 어찌나 탐나는지!　　　140
　　　　　동풍에 실려와 토러스 높은 산에 얼어붙은
　　　　　맑고 흰 눈조차도 그대가 손을 들면

64

까마귀로 변한다오. 오, 입 맞추게 해 주시오,
이 순백의 공주에게, 이 지복의 증표에게!

헬레나 오, 이 분통! 오, 이 지옥! 같이 웃고 즐기자고 145
나를 공격하기로 작심을 했군요.
당신들이 공손하고 예절을 안다면
이토록 큰 상처를 내게 주진 않을 테죠.
미워하면 그만이지, 그런 줄 알지만,
합심하여 놀리기도 해야만 되겠어요? 150
당신들이 남자라면, 남자처럼 보이니까,
진심으로 날 미워하는 게 분명한데
서약하고 맹세하고 내 자질을 극찬하는
이런 식의 대접을 숙녀에게 않을 테죠.
당신들은 연적이며 허미아를 사랑해요. 155
근데 이젠 연적 되어 헬레나를 놀리네요.
눈부신 위업이고 남자다운 일이군요,
당신들의 조소로 불쌍한 처녀 눈에
눈물 나게 하다니! 고귀한 성품이면
오로지 장난삼아 한 처녀를 이토록 괴롭히고 160
인내심을 강탈하진 않았을 거예요.

라이샌더 불친절하구나, 드미트리우스, 그러지 마.
넌 허미아 사랑해, 내가 그걸 아는 줄 알잖아.
여기에서 내 모든 호의와 진심 다해

141행 토러스 터키 남부의 산맥. 최고봉 3,737m.

	허미아의 사랑에서 내 몫을 양도할게.	165
	그러니 헬레나의 네 몫을 나에게 물려줘.	
	난 정말 그녀를 사랑해, 죽음이 올 때까지.	
헬레나	조롱꾼들 헛소리가 절정에 이르렀네.	
드미트리우스	라이샌더, 허미아는 네가 가져, 난 안 해.	
	사랑한 적 있었대도 그 사랑은 다 떠났어.	170
	내 마음은 그녀에게 손님처럼 머물렀고	
	이제는 헬렌이란 고향으로 되돌아와	
	거기에 머물 거야.	
라이샌더	헬렌, 그렇지 않아요.	
드미트리우스	알지도 못하는 믿음을 헐뜯지 마,	
	위험하게 비싼 대가 치르지 않으려면.	175
	네 사랑이 오는군. 저쪽이 네 애인이야.	

허미아 등장.

허미아	눈의 기능 앗아 가는 어두운 밤이면	
	귀가 가진 인지력은 더욱 예민해진다.	
	그래서 밤이 되면 시력은 줄지만	
	그 두 배의 보상을 청력이 받는다.	180
	라이샌더, 널 찾아낸 것은 내 눈이 아니라	
	귀가 나를 고맙게도 네 소리로 데려왔어.	
	하지만 왜 그리도 무정하게 떠났어?	
라이샌더	사랑이 떠미는데 왜 머물러 있어야지?	

허미아	그 어떤 사랑이 라이샌더 떠밀었지?	185
라이샌더	남아 있지 말라는 라이샌더의 사랑이지. —	
	아름다운 헬레나! 그대는 저 건너 불타는	
	둥근 빛 눈 모두보다 밤을 더 도금하오.	
	왜 나를 찾아왔어? 이래도 모르겠어,	
	미움을 품었기에 널 그렇게 떠난 것을?	190
허미아	네 생각은 말과 달라, 그럴 리 없다고.	
헬레나	저것 봐, 쟤도 이 공모자들 가운데 하나야!	
	이제야 알겠다, 셋이 모두 작당하여	
	날 골려 먹으려고 거짓 장난 꾸몄어.	
	괘씸한 허미아! 고마움을 너무 몰라!	195
	이처럼 더럽게 비웃으며 날 학대하려고	
	이들과 모의하고 이들과 궁리했어?	
	우리 둘이 나눠가진 그 모든 비밀과	
	여형제의 맹세와, 우리들을 갈라놓는	
	발 빠른 시간을 꾸짖으며 같이 보낸	200
	그 많은 시간을 — 오, 다 잊어버렸어?	
	학창 시절 우정과 어린 날의 순수함도?	
	허미아, 우린 마치 솜씨 좋은 신들처럼	
	한 방석에 앉아서 둘이서 한 견본에	
	둘이서 한 송이를 두 바늘로 수놓으며	205
	한 가지 음조로 같은 노래 읊조렸어,	
	우리 손과 옆구리와 목소리와 마음이	
	일체가 된 것처럼. 그렇게 우린 같이 자랐어.	

겹버찌의 모습처럼 갈라진 것 같지만
갈라진 상태에서 합쳐진 것으로서   210
한 자루에 맺혀 있는 두 귀여운 열매였어.
몸은 둘로 보이지만 마음은 하나였지,
처음엔 둘이지만 하나에게 귀속되고
한 투구로 장식되는 방패의 두 문장처럼.
근데 네가 우리의 옛사랑을 찢어 놓고   215
남자들과 합세하여 불쌍한 친구를 조롱해?
이것은 친구답지, 처녀답지 않은 일로
상처는 나 홀로 느끼지만 나뿐만 아니라
여성들 모두가 이 일로 널 꾸중할 거야.

허미아 네 말이 격렬한 데 참 많이 놀랐다.   220
나는 널 경멸 안 해. 네가 날 경멸하는 것 같아.

헬레나 라이샌더 부추겨서 경멸하듯 날 따라와
내 눈과 얼굴을 칭찬하게 만들지 않았어?
또 방금도 발로 날 걷어찼던 다른 애인
드미트리우스에게 나를 여신이네, 요정이네,   225
거룩하다, 빼어나다, 소중하다, 하늘 같다,
외치게 만들지 않았어? 뭣 때문에 그가 그래,
미워하는 여자에게? 또 라이샌더는 뭣 때문에
마음속의 참 귀중한 네 사랑을 부인하고
나에게 (별꼴이야) 애정을 보이지?   230
네가 그를 부추기고 동의한 게 아니라면?
내가 비록 너만큼 호감도 못 사고

　　　　　　사랑도 안 붙으며 운도 아주 안 좋아서
　　　　　　짝사랑만 하면서 최고로 비참하면 어때서?
　　　　　　넌 그걸 멸시가 아니라 동정을 해야지.　　　　235

허미아　무슨 말을 하는 건지 이해를 못 하겠어.

헬레나　그래! 끝까지 버텨야지. 심각한 모습 하고
　　　　　　내가 등을 돌릴 때면 입을 삐죽거려 봐.
　　　　　　눈짓을 나누고 기분 좋은 장난을 계속해.
　　　　　　이 놀이는 잘하면 역사에 남을 거야.　　　　240
　　　　　　당신들이 동정이나 자비나 예절이 있다면
　　　　　　나를 이런 놀림감 만들지는 않았겠죠.
　　　　　　하지만 잘 있어요. 내 잘못도 있으니까
　　　　　　죽음이나 부재로 곧 치유되겠지요.

라이샌더　가지 마오, 헬레나. 내 변명을 들어 봐요.　　　245
　　　　　　내 사랑, 내 생명, 내 영혼, 아름다운 헬레나!

헬레나　오, 탁월해!

허미아　　　　　　자기, 얘를 그리 경멸하지는 마.

드미트리우스　그녀의 간청이 안 통하면 난 강제할 수 있어.

라이샌더　그녀의 간청보다 더 강제는 못 하지,
　　　　　　네 협박은 그녀의 약한 기도보다도 힘이 없어.　　　250
　　　　　　헬렌, 그대를 사랑하오, 목숨 걸고 말이오!
　　　　　　아니라고 하는 자의 거짓됨을 밝히고자
　　　　　　그대 위해 잃으려는 그것으로 맹세하오.

253행 그것 자기 목숨.

드미트리우스	그의 사랑보다는 내 것이 더 커요.
라이샌더	그렇다면 물러나서 증명까지 해 보시지. 255
드미트리우스	가자, 빨리!
허미아	라이샌더, 이게 다 웬일이야?
라이샌더	넌 꺼져, 깜둥이야!
드미트리우스	(허미아에게) 아니, 아니, 그는 그냥
	떨치는 척할 거야—
	(라이샌더에게) 따라올 것처럼 떠벌려,
	하지만 오지 마! 넌 길든 남자야, 그렇지!
라이샌더	떨어져, 너 고양이, 밤송이야! 비천한 것, 260
	안 놓으면 뱀처럼 내 몸에서 떼어 낸다!
허미아	왜 이렇게 거칠어졌는데? 이 무슨 변화야,
	응, 자기?
라이샌더	자기? 꺼져라, 싯누런 타타르인, 꺼져라!
	쓴 약아, 꺼져라! 오, 미운 물약, 저리 가!
허미아	농담 아냐?
헬레나	맞아, 농담, 너도 같이 하잖아. 265
라이샌더	드미트리우스, 네게 했던 약속은 지킬 테다.
드미트리우스	나도 너와 같은 구속 받고 싶어, 네 구속은
	약하단 걸 아니까. 네 말은 못 믿겠어.
라이샌더	뭐, 이 여자를 다치고 때리고 죽여야 해?
	미워해도 그렇게 해치진 못하겠어. 270
허미아	뭐? 미움보다 더 큰 해를 줄 수 있단 말이야?
	날 미워해, 뭣 때문에? 아, 왜 그래, 자기야!

허미아, 나 아냐? 라이샌더, 너 아니고?

난 예전에 고왔던 것처럼 지금도 고운데.

간밤에 너는 날 사랑했어. 그런데 간밤에 떠났어.   275

아니 그럼, 떠났네. (맙소사, 절대 안 돼!)

진정이란 말이야?

라이샌더   암, 내 목숨 걸 거야!

게다가 너를 절대 다시 보고 싶지도 않았어.

그러니 희망도 의문도 회의도 갖지 마.

확실히 해, 이건 최고 진실이야. 농담 아냐,   280

너를 진짜 미워하고 헬레나를 사랑해.

허미아 오 이런, 이 사기꾼, 이 자벌레 같은 것,

이 사랑의 날강도야! 뭐, 밤중에 나타나

내 애인의 마음을 훔쳐 갔어?

헬레나   정말로 잘한다!

너에겐 겸손도 처녀다운 수치심도   285

수줍음도 전혀 없어? 뭐, 순한 내 입에서

참지 못해 하는 답을 끌어내야 되겠어?

에이, 이 가짜, 꼭두각시 같은 것아!

허미아 '꼭두각시!' 뭐, 그래? 아, 그걸 노렸었구나!

이제야 알았다, 얘는 우리 둘 사이의   290

높이를 비교했어. 자기 키를 역설하고

자신의 신장으로, 드높은 신장으로

그야말로 자기 키로 그이를 얻어 냈어.

내가 너무 꼬마 같고 너무나 작아서

그이의 네 평가가 그렇게 높아졌어? 295

얼마나 작은데, 이 분칠한 장대야? 말해 봐!

얼마나 작은데? 그래도 내 손톱이

네 눈에 닿지 못할 정도로 작진 않아.

헬레나 신사들께 빕니다, 날 놀려 먹더라도 얘가 날

못 다치게 말려 줘요. 난 짓궂은 적 없어요. 300

말괄량이 기질은 조금도 없다고요.

비겁하기 딱 알맞은 처녀란 말입니다.

못 때리게 해 줘요. 얘가 약간 작으니까

내가 얘의 적수가 될 수 있단 생각을

할 수도 있겠네요.

허미아　　　　　'작다.'고? 그 말을 또 듣네. 305

헬레나 허미아, 나에게 그렇게 적개심 갖지 마.

난 언제나 너를 정말 사랑했어, 허미아,

언제나 네 비밀을 지켰고 해한 적 없는데

다만 드미트리우스를 사랑하기 때문에

네가 이 숲으로 도망칠 거라고 말해 줬어. 310

그는 널 뒤쫓고 난 그를 사랑으로 뒤쫓았어.

하지만 그는 나를 가라고 나무랐고

치겠다, 차겠다, 그래, 죽이겠다, 협박했어.

그래서 난 이제 조용히 가게만 해 주면

어리석음 지니고 아테네로 돌아간 뒤 315

다신 널 뒤쫓지 않을 거야. 가게 해 줘.

알겠지, 난 이렇게 단순하고 어리석어.

허미아	그러면 가 버려! 널 막는 게 누군데?	
헬레나	내가 여기 맡겨 놓을 어리석은 마음이지.	
허미아	뭐? 라이샌더에게?	
헬레나	드미트리우스에게.	320
라이샌더	두려워 말아요, 헬레나, 해치지 못할 테니.	
드미트리우스	암, 못 해야지, 네가 비록 그녀 편을 든다 해도.	
헬레나	오, 저 애는 화가 나면 날카롭고 거칠어요!	
	학교에 다녔을 땐 암여우 같았고	
	조그맣긴 하지만 사나운 애랍니다.	325
허미아	또 '조그맣다.'야? '작고 조그맣다.'는 말뿐이야?	
	너는 왜 쟤가 날 놀리는 걸 묵인하니?	
	쟤한테 가게 해 줘.	
라이샌더	가 버려, 이 난쟁이야.	
	성장 억제 풀 먹은 최왜소 생명체야,	
	이 염주알, 도토리야.	
드미트리우스	넌 너무 주제넘어,	330
	네 봉사를 경멸하는 그녀를 위해 준답시고.	
	그녀를 내버려 둬, 헬레나 얘기는 하지 마.	
	그녀 편도 들지 말고. 네 의도가 만약에	
	눈곱만큼이라도 사랑을 표하는 거라면	
	죗값을 치를 테니.	
라이샌더	이젠 쟤가 날 안 잡아.	335
	자, 따라와, 그럴 용기 있으면, 그리고 시험하자,	
	헬레나에 대한 권리, 둘 중 누가 최고인지.	

드미트리우스 따라와? 그래, 착 달라붙어서 가겠다.

(라이샌더와 드미트리우스 함께 퇴장)

허미아 야, 이것아, 너 때문에 일이 모두 꼬였어.

아, 뒷걸음치지 마.

헬레나   널 믿지 않을 거고   340

짓궂은 너와 함께 더 있지도 않을 거야.

싸움에는 네 손이 내 손보다 빠르지만

도망에는 내 다리가 더 길지 않겠어.   (퇴장)

허미아 참으로 놀라워서 할 말을 모르겠네.   (퇴장)

오베론 이건 네 부주의 탓이야. 계속 실수했거나   345

아니면 고의로 못된 짓을 저질렀어.

퍽 정말로, 정령들의 왕이시여, 실수했습니다.

아테네 복장으로 그 남자를 알 거라고

저에게 말씀을 하시지 않았어요?

아테네인 눈에다 약을 바른 제 일은   350

지금까진 나무랄 데 없는 줄로 아옵니다.

전 이들의 말다툼을 놀이로 여기니까

지금까지 벌어진 일 기쁘기도 하고요.

오베론 연인들이 싸울 곳을 찾는 걸 보았지.

그러니까, 로빈, 서둘러 밤을 짙게 만들어라.   355

별 빛나는 하늘을 내려앉는 안개로

지옥처럼 시커멓게 곧 덮어 버리고

성미 급한 연적들을 멀찌감치 떼어 놓아

하나가 가는 길에 다른 하나 못 오게 해.

때로는 네 혀를 라이샌더의 말에 맞춰   360
신랄한 모욕으로 드미트리우스 선동하고
때로는 드미트리우스처럼 욕을 해라.
이렇게 그들을 떨어뜨려 놓으면
죽음같이 깊은 잠이 그들의 이마 위로
납 다리와 박쥐 날갯짓으로 기어 올 것이다.   365
그때 이 약초를 라이샌더의 눈에다 으깨라.
그 액즙은 거기 있던 모든 오류 지우고
종전의 시각으로 눈동자를 돌게 하는
강력한 효능을 지니고 있으니까.
그들이 다음에 깨어나면 이 모든 웃음거리,   370
꿈이나 무익한 환영처럼 보일 테고
연인들은 죽음까지 절대 아니 끝나게 될
결연 맺고 아테네로 되돌아갈 것이다.
난 네게 이 일을 시켜 놓은 다음에
인도 소년 달라고 여왕에게 청할 테다.   375
그런 다음 그녀 눈에 괴물 아니 보이도록
마법을 풀어 주면 만사가 평화로울 것이다.

퍽 요정의 왕이시여, 서둘러야 하십니다.
발 빠른 밤 여신의 용들이 구름을 쫙 가르고
새벽 여신 전령이 저 건너에 빛나는데   380
그녀가 다가오면 곳곳에 떠돌던 혼령들은
교회 마당 집으로 몰려가죠. 모든 악령,
교차로와 홍수 속에 파묻힌 영혼들은

자기들의 창피한 짓 낮에게 들킬까 봐

구더기 들끓는 침대로 이미 돌아갔답니다.　　　385

그들은 고의로 빛을 멀리했기에 영원히

검은 머리 밤 여신과 어울려야 한답니다.

오베론　그러나 우리는 또 다른 종류의 영들이다.

난 아침의 여신과 자주 장난하였고

붉게 타는 동쪽 문이 축복받은 빛으로　　　390

넵튠 향해 열리면서 짜고 푸른 물결을

금빛의 노랑으로 바꿔 놓을 때까지

산지기 차림으로 숲 속을 거닐 수도 있단다.

그렇긴 하지만 지체 없이 서둘러라,

아침이 오기 전에 이 일이 이루어지도록. (퇴장)　395

퍽　　이리저리, 이리저리

그들 몬다, 이리저리. 사람들은

들에서 또 읍내에서 날 겁낸다.

도깨비야, 이리저리 몰아라.

여기 하나 왔구나.　　　　　　　　　400

라이샌더 등장.

라이샌더　거만한 드미트리우스, 어딨냐? 말해 봐.

퍽　이 나쁜 놈, 칼 뽑고 여깄다. 넌 어딨냐?

라이샌더　곧장 네게 가겠다.

퍽　　　　　그럼 날 따라와,

더 평평한 땅으로. (목소리를 따르는 것처럼
라이샌더 퇴장)

드미트리우스 등장.

드미트리우스   라이샌더, 다시 말해!
이 도망자, 겁쟁이야, 달아나고 없느냐?   405
말해 봐! 덤불이야? 머리를 어디다 감췄어?

퍽   겁쟁이 놈, 별들에게 큰소리치고 있어?
싸움하기 바란다고 덤불에게 말하면서?
그런데 안 나와? 나와, 이 배신자, 애송이야!
작대기로 패 줄 테다. 네게 칼을 뽑는 자는   410
더러운 놈이다.

드미트리우스   아니 너 거기 있어?

퍽   내 목소리 따라와. 여기선 남자답게 못 싸워.

(퇴장)

라이샌더 등장.

라이샌더   그는 앞서 가면서 계속 내게 대든다.
부르는 곳에 가면 없어져 버리고.
나보다 뒤꿈치가 썩 가벼운 놈이야.   415
빨리 따라왔는데도 더 빨리 도망가서
어둡고 고르지 못한 길에 들어섰네.

여기서 좀 쉬어야지.   (눕는다.)

　　　　아침이여, 오너라!

흐릿한 네 빛을 보여만 준다면

드미트리우스 찾아서 분풀이해 줄 테니.   420

　　　　　　　　　　　(잠든다.)

퍽과 드미트리우스 등장.

퍽　　호호호! 겁쟁이야, 왜 안 나와?

　　　　　(둘은 무대 위에서 서로를 교묘히 피한다.)

드미트리우스　용기가 있다면 기다려. 계속 자리 바꾸며

감히 서 있지도, 날 쳐다보지도 못하면서

내 앞에서 뛴다는 걸 잘 알고 있으니까.

지금은 어딨어?

퍽　　　　이리 와, 여기 있어.   425

드미트리우스　그래 그럼, 날 놀려라. 동트고 네 얼굴이

보이기만 해 봐라, 비싼 대가 치를 거야.

지금은 맘대로 해. 기운 빠져 할 수 없이

이 차가운 침대에 내 몸을 뻗는다.

아침이 다가오면 찾아갈 줄 알아라.   430

　　　　　　　　　　(누워서 잠든다.)

헬레나 등장.

헬레나 오, 지겨운 밤, 오, 길고도 지루한 밤이여,

시간아 좀 짧아져라! 위안은 동쪽에서 빛나라,

딱한 나와 함께 있길 혐오하는 이들 떠나

날 밝으면 아테네로 돌아갈 수 있도록.

때로는 슬픔의 눈 감겨 주는 잠이여,   435

나 자신에게서 나를 잠시 훔쳐 가라. (잠든다.)

퍽   아직 셋뿐이야? 하나를 더하면

두 종류가 둘씩으로 넷이 된다.

저기 오네, 슬프고 성질났어.

불쌍한 여자들을 미치게 하다니   440

큐피드는 짓궂은 녀석이야!

허미아 등장.

허미아 이렇게 지겹고도 비통한 적 없었어.

이슬에 흠뻑 젖고 가시에 찢기어

더 이상 기지도 걷지도 못하겠네.

내 다리가 내 소망에 보조를 못 맞추네.   445

날이 밝을 때까지 여기서 쉬어야지.

둘이 맞붙겠다면 하늘은 라이샌더 지키소서!

(누워서 잠든다.)

퍽   땅 위에서

곤히 자라.

다정한 연인아,   450

네 눈에

치료약을 발라 줄게.

(라이샌더의 눈꺼풀에 꽃 즙을 짜 바른다.)

잠에서

깨거든

옛 님의   455

눈 속에서

진정한 기쁨을 느껴라.

그리고 짚신도 짝이 있단

촌사람들 속담이 맞음을

깨어나면 알게 될 것이다.   460

처녀 총각 짝짓고

안 되는 일 없을 거다,

주인은 암말 찾고 만사가 순조로울 테니까.

(퇴장)

라이샌더, 드미트리우스, 헬레나, 허미아는
계속 누워 잠잔다.
요정의 여왕 티타니아와 보텀 및
완두꽃, 거미줄, 티끌, 겨자씨와 다른 요정들 등장.
요정의 왕 오베론, 뒤에서 보이지 않은 채 등장.

티타니아 이리 와서 꽃 덮인 침대 위에 앉으세요,

당신의 사랑스러운 두 뺨을 쓰다듬고

매끈한 이 머리에 사향 장미 꽂으며

곱고 큰 그 귀에 입 맞춰 드릴게요, 환희 씨.

보텀 완두꽃 어딨어요?   5

완두꽃 여기요.

보텀 머리 좀 긁어 줘요, 완두꽃 님. 거미줄 선생

은 어딨지요?

거미줄 여기요.

보텀 거미줄 선생, 훌륭하신 선생은 손에 무기를   10

잡으시고 엉겅퀴 꽃 위에 앉은 빨간 궁둥이

땅벌 한 마리 잡아 주십시오. 그리고 선생,

그 꿀 주머니를 나한테 갖다 주십시오. 작업

할 때 너무 안달하지는 마십시오, 선생. 그리

고 선생, 꿀 주머니가 터지지 않도록 조심해   15

4막 1장 장소 아테네 근처의 숲.

요. 당신 몸 위로 꿀 주머니가 넘쳐흐르게 되는 건 꺼림칙하답니다, 거미줄 님. 겨자씨 선생은 어덯지요?

겨자씨 여기요.

보텀 주먹을 내 봐요, 겨자씨 선생. 제발 모자 벗고 예의를 표하지는 마십시오, 선생님. 20

겨자씨 뭘 원하세요?

보텀 아무것도 없답니다, 선생, 멋쟁이 거미줄 님이 날 긁는 것 도와주는 일 말고는. 난 이발소에 가 봐야겠어요, 선생, 얼굴에 기막히게 25 털이 많은 것 같으니까. 게다가 난 너무나 예민한 나귀라서 털이 조금만 간지러워도 긁어야 한답니다.

티타니아 저, 음악 좀 듣는 건 어때요, 사랑스러운 자기?

보텀 난 음악에는 그런대로 괜찮은 귀가 있지요. 30 뼈다귀 젓가락 장단을 들읍시다.

티타니아 근데 혹시 귀여운 자기, 뭘 먹고 싶으세요?

보텀 사실은 여물 한 통이요. 나는 그 말린 귀리라는 걸 씹어 먹을 수 있답니다. 꼴 한 다발을 먹고 싶은 욕망이 큰 것 같네요. 좋은 꼴, 35 맛있는 꼴보다 더 좋은 녀석은 없답니다.

20~21행 제발…마십시오 실내에서는 상급자 앞에서 모자를 벗는 게 당시의 예의였다.

티타니아	대담한 요정더러 다람쥐 창고를 뒤져서
	숨겨 놓은 햇열매를 바치도록 할게요.
보텀	차라리 한두 줌의 마른 완두 먹을래요.
	근데 제발 아무도 방해 않게 해 주시오, 40
	자고 싶은 마음이 굴뚝같으니까.
티타니아	주무세요, 내 팔로 감아 안아 드릴게요.
	요정들은 물러가라, 사방으로 멀어져라.

(요정들 함께 퇴장)

담쟁이도 아름다운 인동덩굴 이렇게
부드럽게 감으며 암송악도 껍질 덮인　45
느티나무 가지를 이렇게 둘러싸요.
오, 정말 그대 사랑해요! 난 정말 혹했어요!

(둘이서 잔다.)

퍽 등장.

오베론 (나오면서)

어서 와라, 로빈. 이 멋진 광경이 보이느냐?
난 이제 그녀의 미혹을 동정하기 시작했다.
이 미운 바보 위해 멋진 선물 찾고 있는　50
그녀를 최근에 숲 건너서 만났을 때
확실히 나무라며 다투었기 때문이야.
왜냐하면 그녀는 싱싱하고 향기로운 꽃 관을
이자의 털북숭이 머리 위에 씌웠는데

한때는 둥글고 빛나는 진주처럼   55
봉오리들 위에서 부풀었던 이슬이 이제는
자신의 불명예를 한탄하는 눈물처럼
귀여운 작은 꽃들 눈 속에 서 있었으니까.
내가 맘껏 그녀를 우롱하고 났을 때
그녀는 순한 말로 참아 달라 애걸했고   60
그때 난 그녀에게 업둥이를 요구했지.
그녀는 곧장 개를 준 다음 자기 요정 시켜서
요정 나라 내 처소로 데려가게 해 줬어.
난 이제 소년을 얻었으니 그녀의 눈에서
미움받는 이 결함을 없애 줄 것이다.   65
그리고 퍽 너는 변형된 이 골통을
이 아테네 촌놈의 머리에서 벗겨 줘라.
그래서 다른 사람 깨어날 때 깨어나
다 함께 아테네로 돌아가고 이 밤의 일들은
심하게 뒤숭숭한 꿈으로만 생각도록.   70
하지만 요정의 여왕을 먼저 풀어 줘야지.
            (그녀의 눈꺼풀에 꽃 즙을 짜 넣는다.)
        늘 있던 사람으로 돌아가고
        늘 보던 눈으로 보아라,
        디아나 꽃눈에 큐피드 꽃 물리칠
        효능과 영험이 있으니까.   75
자, 나의 티타니아, 깨어나요, 내 고운 여왕님.

티타니아   (깨면서)

84

오베론 님! 참 희한한 환영도 다 봤어요!
나귀에게 마음을 뺏겼던 것 같아요.

오베론 당신 애인 저기 있소.

티타니아   어떻게 이런 일이?

오, 이제 보니 역겹기 짝이 없는 얼굴이네!   80

오베론 잠시만 조용하오. 로빈, 그 머릴 벗겨 줘라.

티타니아, 음악으로 이 다섯의 감각을

평상시의 잠보다 더 무디게 만드시오.

티타니아 여봐라, 음악을, 잠 오는 음악을 연주하라!

                           (조용한 음악)

퍽 (보텀의 나귀 머리를 떼어 내면서)

이제 깨어나거든 네 바보 눈으로 쳐다봐라.   85

오베론 음악을 울려라!   (춤곡이 연주된다.)

          자, 여왕이여, 내 손 잡고

잠자는 사람들이 누운 땅을 구릅시다.

             (오베론과 티타니아 춤춘다.)

당신과 난 이제 새롭게 의좋아졌으니

내일 밤 자정엔 축하연의 기분으로

테세우스 저택에서 흥겹게 춤추며   90

그 집안의 온갖 번영 축복해 줄 것이오.

변함없는 두 쌍의 연인도 그곳에서

테세우스와 더불어 즐거이 결혼할 것이오.

퍽 요정의 왕이시여, 잠깐만요,

종달새의 아침 노래 들립니다.   95

오베론　그렇다면 여왕이여, 조용하게

밤 그림자 뒤쫓으며 뜹시다.

우리는 떠도는 달보다 더 빨리

지구를 선회할 수 있으니까.

티타니아　가요 여보, 날아가며 말해 줘요,　　　　100

어떻게 오늘 밤 내가 여기

이따위 인간들과 땅 위에서

잠자는 게 발견된 것인지.

(함께 퇴장. 네 연인과 보텀은 계속 누워 잔다.)

안에서 나는 뿔피리 소리에 맞춰

테세우스, 히폴리타 및 이지우스, 시종들과 함께 등장.

테세우스　자, 너희 중 한 사람이 산지기를 찾아내라.

이제는 우리가 오월제 의식을 치렀고　　　　105

다가오는 하루의 선봉 또한 잡았으니

내 님에게 사냥개 음악을 들려줄 것이다.

저 서쪽 계곡에 개들을 풀어 놔라.

신속히 처리하라, 산지기도 찾아내고.

(시종 한 명 퇴장)

아름다운 여왕이여, 우리는 산 위로 올라가　　110

사냥개와 메아리가 합쳐서 만드는

음악적인 혼성을 잘 들어 볼 것이오.

히폴리타　헤라클레스와 카드모스가 크레타 숲 속에서

스파르타 사냥개로 곰 몰이를 했을 때
같이한 적 있었는데 그렇게 웅장한 울음은 115
들어 본 적 없었어요. 수풀뿐만 아니라
하늘과 호수와 주변 지역 모두가
합동으로 울부짖는 것 같았으니까요.
그렇게 음악적인 잡음과 그토록
아름다운 천둥소린 들어 본 적 없었어요. 120

테세우스 내 사냥개들도 스파르타 종자로 얻었는데
큰 턱과 누런색이 그쪽이오. 머리에는
아침 이슬 쓸고 가는 두 귀가 달렸으며
흰 무릎과 목주름은 테살리아 황소 같소.
추적할 땐 느리나 입은 종의 합주처럼 125
소리가 층층인데, 이 무리의 화음만큼
큰 환성과 뿔피리 격려를 받은 일은
크레타, 스파르타, 테살리아 어디서도 없었소.
듣고서 판단하오. 잠깐만, 이 무슨 요정이오?

이지우스 각하, 여기에서 자는 건 제 딸이고 130
이쪽은 라이샌더, 이쪽은 드미트리우스,
이쪽은 헬레나, 네다르 노인의 헬레나로
여기 같이 있다니 놀라운 일입니다.

113행 헤라클레스와 카드모스 그리스 신화에서 헤라클레스는 12가지 난제를
해결한 유명한 영웅이고 카드모스는 페니키아의 왕자로 테베의 창건자이다.
128행 테살리아 고대 그리스의 동북부에 위치한 지역.

테세우스	이들은 틀림없이 오월제를 지키려고
	일찍 일어났는데 짐의 계획 듣고서	135
	이번 짐의 혼례를 경축하러 여기 왔소.
	그런데 이지우스, 오늘이 허미아가
	어떤 선택 했는지 답하는 날 아니오?
이지우스	맞습니다, 각하.
테세우스	가서, 사냥꾼들 뿔피리로 이들을 깨우라.	140

　　　　　　　　　　(시종 한 명 퇴장. 안에서 외침.

　　　　　뿔피리 부는 소리. 연인들은 놀라 일어난다.)

다들 잘 잤는가? 성 밸런타인은 지났는데
이곳의 숲 새들은 이제 짝을 짓는가?

| 라이샌더 | 용서해 주십시오, 각하. |

　　　　　　　　　　　　(연인들이 무릎을 꿇는다.)

테세우스	모두들 일어나게.
	자네 둘은 연적인 줄 내가 알고 있는데
	이 다정한 화합이 어찌 이뤄졌기에	145
	미움은 불신에서 멀찌감치 떨어지고
	미운 사람 곁에 자도 악의가 안 두렵지?
라이샌더	각하, 깜짝 놀라 반은 자고 반은 깬 상태로
	대답하겠습니다. 그렇지만 맹세코
	어떻게 왔는지는 진짜로 모르겠습니다.	150

141행 성 밸런타인 밸런타인 성자를 기념하는 날(2월 14일)로 이때 새들이 짝
을 짓는다고 한다. (뉴펭귄)

하지만 제 생각에—사실을 말씀드리자면
이제 생각하니까 그게 이렇습니다.—
전 여기 허미아와 왔는데 저희의 의도는
아테네를 떠나는 것이었고 아테네 법률의
위험을 벗어난 곳에서 뭔가를—   155

이지우스 그만, 그만, 각하. 그만 들으십시오.
저자를 법, 법에 의해 처벌해 주십시오.
그들은 도망치려 했다네, 드미트리우스,
그래서 자네와 내게서 앗아 가려 했다니까,
자네에게서는 아내를, 내게서는 허락을,   160
내 딸을 자네에게 준다는 허락을.

드미트리우스 각하, 아름다운 헬렌이 그들의 도망을
이 숲으로 온 목적을 말해 주었습니다.
격분한 전 여기로 그들을 뒤쫓았고
상사병 난 헬레나는 저를 뒤쫓았지요.   165
한데 각하, 무슨 힘 때문인지 모르지만—
힘은 틀림없는데—허미아에 대한 제 사랑이
눈 녹듯 녹아 버려 이제는 그게 마치
제가 어린 시절에 정말로 혹했던
하찮은 노리개의 회상처럼 보입니다.   170
그리고 제 마음의 모든 신뢰, 미덕과
제 눈의 표적이며 즐거움의 대상은
헬레나뿐입니다. 전 그녀와 약혼을, 각하,
허미아를 보기 전에 하고 있었습니다.

	그런데 전 이 음식을 병처럼 혐오했죠.	175
	하지만 건강할 때처럼 원래 입맛 되돌아와	
	이젠 그걸 꼭 원하고 바라고 사랑하며	
	영원히 거기에 충실할 것입니다.	

테세우스   아름다운 연인들이 운 좋게 만났구나.
          이 얘기는 짐이 곧 더 들어 볼 것이다.   180
          이지우스, 경의 뜻을 내가 꺾어야겠소.
          이 두 쌍은 신전에서 짐과 함께 곧바로
          영원히 맺어질 것이기 때문이오.
          그리고 이제는 아침이 좀 지났으니
          목적했던 사냥은 보류될 것이다.   185
          자, 아테네로 같이 가자. 셋에 셋을 더하여
          우리는 커다란 축하연을 열게 될 것이다.
          갑시다, 히폴리타.

                    (테세우스, 히폴리타, 이지우스 및
                              시종들 함께 퇴장)

드미트리우스 이것들은 먼 산이 구름이 된 것처럼
          조그맣고 식별이 불가능한 것 같아.   190

허미아   난 쪼개진 눈으로 이것들을 본다고 생각해,
          모든 게 다 둘로 보이니까.

헬레나   나도 그래.
          드미트리우스는 내가 주운 보석 같아,
          내 건데 내 건 아냐.

드미트리우스   우리가 깨 있는 게

확실해? 난 아직도 우리가 잠자고 　　　　195
꿈꾸는 것 같아. 공작님이 여기에 계셨고
우리에게 따라오라 하신 것 같지 않아?

허미아　　맞아, 그리고 아버지도.

헬레나　　　　　　　　　　히폴리타 님도.

라이샌더　그리고 신전으로 따라오라 명하셨어.

드미트리우스　그렇다면 우린 깼어. 공작님을 따라가자, 　　200
가는 길에 우리 꿈을 자세히 얘기하고.

　　　　　　　　　　　　　(연인들 함께 퇴장)

보텀　　(깨면서) 내 신호가 나오거든 불러 줘, 그러
면 대답할게. 다음 것은 '최고로 아름다운
피라무스'야. 아아 음! 피터 퀸스? 풀무장이
플루트? 땜장이 스나우트? 스타블링? 맙소 　　205
사! 도망쳤어, 날 자게 내버려 두고! 난 참으
로 드문 환영을 보았어. 꿈을 꿨는데 인간의
머리로는 그게 무슨 꿈인지 말 못 해. 그 꿈
을 설명하려 든다면 인간은 나귀 같은 바보
일 뿐이야. 내 생각엔 내가―누구도 그게 뭔 　　210
지 말 못 해. 내 생각엔 내가 그리고 내 생각
엔 내게―하지만 인간은 얼룩 옷 입은 바보
일 뿐이야, 내게 있던 걸 말해 주려 한다면
말이야. 내 꿈이 뭐였는지는 인간의 눈으로
듣지도, 인간의 귀로 보지도, 인간의 손으로 　　215
맛볼 수도, 혀로 이해할 수도, 마음으로 말할

수도 없어. 피터 퀸스에게 이 꿈으로 가요를
짓도록 해야겠어. 제목은 '보텀의 꿈'이 될 거
야, 왜냐하면 거기에 보텀은 없으니까. 그리
고 난 그걸 공작님 앞에서 연극의 끝 부분에   220
노래할 거야. 어쩌면 그걸 좀 더 우아하게 만
들기 위해 그녀가 죽을 때 그걸 노래해야지.

(퇴장)

4막 2장

퀸스, 플루트, 스나우트, 스타블링 등장.

퀸스   보텀네 집으로 사람을 보내 봤어? 아직 집에
             안 왔어?

스타블링 소식을 들을 수가 없었어. 틀림없이 어디로
             잡혀갔어.

플루트   그가 안 오면 연극은 망가졌어요. 무대로 못   5

214~217행 인간의…없어 여기서 보텀이 말하는 감각 기능의 혼동은 다른 곳
에서도 나타나며, 특히 이 부분은 베드로전서 2장 9절의 패러디이다. (뉴펭
귄, 리버사이드)

219행 거기에…없으니까 원문(because it hath no bottom)은 세 가지 정도의
뜻이 있다. 첫째, 문자 그대로 '거기엔 바닥(bottom)이 없으니까.' 둘째, 좀
의역을 해서 '그 바닥은 너무 깊어 없는 것 같으니까.' 셋째, 보텀의 이름을
그대로 사용하여 '거기에 보텀은 없으니까.' 그는 지금 자기가 나귀로 변신
했던 사실을 꿈으로는 받아들이면서 현실로는 받아들이지 못한다.

나갈 텐데, 그렇지요?

퀸스 불가능해. 아테네를 통틀어 피라무스 역을
해낼 수 있는 남자는 그밖에 없어.

플루트 그래요, 그는 정말 아테네의 모든 손재주꾼
가운데 가장 머리가 좋답니다. 10

퀸스 맞아, 가장 풍채 좋은 사람이기도 하지. 게다
가 달콤한 목소리는 아주 샛서방 같다니까.

플루트 '새 서방'이라고 해야지요. 샛서방은 맙소사,
창피한 거랍니다.

가구장이 스넉 등장.

스넉 이보게들, 공작님이 신전에서 오고 있고 두 15
서너 신사숙녀 분들이 더 결혼을 한다고 그
래. 우리의 놀이가 무대로 나갔더라면 우린
모두 팔자 고쳤을 거라고.

플루트 오, 멋진 보텀 대장님! 이리하여 그는 일생
동안 하루에 육 펜스를 잃었어요. 하루에 육 20
펜스는 피할 수 없었을 거라고요. 공작님이
그에게 피라무스를 연기했다고 하루에 육 펜
스씩 안 주셨다면 제 목을 내놓지요. 그는
받을 만합니다. 피라무스로 하루에 육 펜스,

4막 2장 장소 아테네. 퀸스의 집.

아니면 한 푼도 못 받죠. 　　　　　　　　　　　25

　　　　　　　　보텀 등장.

보텀　　이 친구들 어디 갔지? 이 사람들 어디 갔어?

퀸스　　보텀! 오, 가장 눈부신 날이다! 오, 가장 행
　　　　복한 시간이다!

보텀　　여러분, 내가 놀라운 일을 설하겠는데 하지
　　　　만 뭔지는 묻지 마시라. 말을 해 준다면 난　　30
　　　　진짜 아테네 사람이 아닐 테니까. 다 말해 주
　　　　겠어, 일이 일어난 그대로 말이야.

퀸스　　들려줘, 착한 보텀.

보텀　　한마디도 안 할 거야. 내가 해 줄 말이라고는
　　　　공작님이 식사를 끝냈다는 것뿐이야. 복장　　35
　　　　을 챙기라고, 수염 끈을 잘 달고, 구두에 새
　　　　리본을 붙여서 곧장 궁정에서 만나. 각자 자
　　　　기 역을 죽 훑어봐. 앞뒤 다 자르고 얘기하면
　　　　우리 극이 추천되었으니까. 하여튼 티스베는
　　　　깨끗한 옷을 입고 사자 역을 하는 사람은 손　　40
　　　　톱을 자르지 마, 그건 사자 발톱으로 내밀어
　　　　야 할 테니까. 그리고 가장 소중한 배우 여러
　　　　분은 양파나 마늘을 먹지 마시라, 우리는 향
　　　　기로운 입김을 내뿜어야 하니까. 그러면 틀림
　　　　없이 그들로부터 향기로운 희극이란 말을 들　　45

을 거야. 말은 그만하고. 자, 가, 가자고!

(함께 퇴장)

5막 1장

테세우스, 히폴리타, 필로스트레이트를 포함한
신하들과 시종들 등장.

히폴리타   테세우스 님, 연인들이 이상한 걸 얘기해요.

테세우스   이상한 게 사실보다 많지요. 난 절대로
　　　　　　이런 옛 전설이나 요정의 장난을 못 믿겠소.
　　　　　　연인과 광인은 머리가 너무 끓어오르고
　　　　　　조형력이 너무 강해 차가운 이성으로　　　　　5
　　　　　　파악하는 것보다 더 많은 걸 감지하오.
　　　　　　광인과 연인과 그리고 시인은
　　　　　　오로지 상상으로 꽉 차 있는 자들이오.
　　　　　　거대한 지옥보다 더 많은 악마를 보는 자
　　　　　　그것은 광인이고, 연인도 돌았긴 마찬가지,　　10
　　　　　　집시의 얼굴에서 헬렌의 미모를 본다오.
　　　　　　시인의 두 눈이 세련된 광기로 구르면서
　　　　　　하늘에서 땅, 땅에서 하늘까지 쳐다보고
　　　　　　알려지지 않았던 형상들을 상상의 힘으로

5막 1장 장소 아테네. 테세우스의 궁정.

구체화함에 따라 시인의 펜촉은   15

그것들을 형체 있는 것으로 바꾸면서

무형물들에게 거주지와 이름을 준다오.

강력한 상상력은 속임수가 뛰어나서

그 어떤 기쁨을 감지만 하여도

그 기쁨의 원인이나 제공자를 떠올리오.   20

또는 밤에 무언가가 두렵다고 상상하면

덤불은 얼마나 쉽사리 곰으로 보입니까!

히폴리타   하지만 간밤에 되풀이된 모든 얘기

그리고 다 함께 변모한 그들의 마음은

연정의 상상보다 더 많은 걸 입증하고   25

무언가 커다란 일관성을 확보해요.

그렇지만 이상하고 경이롭긴 하네요.

연인들인 라이샌더, 드미트리우스, 허미아, 헬레나 등장.

테세우스   기쁨과 환희에 찬 연인들이 오는군요.

자, 친구들, 크나큰 기쁨과 사랑의 새날들이

그 가슴에 깃들기를!

라이샌더   저희보다 더 많이   30

각하의 산책로, 식탁과 침실에서 기다리길!

테세우스   자, 그런데, 무슨 가면극이나 춤으로

저녁 식사 마친 뒤 침실에 들 때까지

세 시간이라는 긴 세월을 보내지?

평소의 짐의 기쁨 관리자는 어딨느냐?   35

준비된 여흥은 무엇이냐? 고문하는

시간의 고통을 덜어 줄 연극은 없느냐?

필로스트레이트를 불러라.

필로스트레이트   (나서며)

예, 막강하신 테세우스.

테세우스   그래, 오늘 저녁 놀이로 무엇을 준비했나?

가면극? 음악인가? 즐거움이 없다면   40

느려 터진 시간을 어떻게 속여 먹지?

필로스트레이트 이것이 준비된 여흥 목록이옵니다.

처음에 보실 것을 선택해 주십시오.

(서류를 바친다.)

테세우스   (읽는다.) '아테네의 내시가 하프에 맞춰 부를

켄타우로스 족속과 벌이는 전쟁 얘기?'   45

이건 안 봐. 이건 내가 친척인 헤라클레스의

영광을 기리면서 내 님에게 얘기했어.

'트라키아의 가수를 격노하여 찢어 죽인

술 취한 바커스 신도들의 폭동 얘기?'

이건 내가 최근에 테베를 정복하고 왔을 때   50

공연된 바 있었던 낡아 빠진 작품이야.

45행 켄타우로스 그리스 신화에 등장하는 괴물로 인간의 머리, 허리, 팔에 말
의 몸과 다리를 가졌다.
48행 트라키아의 가수 오르페우스를 가리킨다.

'세 쌍의 세 뮤즈가 빌어먹다 서거한
학식의 죽음을 애도하는 노래'라고?
이것은 날카롭고 비판적인 풍자라서
혼인의 예식과는 들어맞지 않는다.   55
'피라무스 젊은이와 그의 애인 티스베의
지겹게 짧은 극, 대단히 비극적인 오락물?'
즐거운데 비극? 지겨운데 짧다고?
뜨거운 얼음이며 놀랍고 이상한 눈이잖아.
어떻게 이 소음의 화음을 찾아내지?   60

필로스트레이트 극이 한 편 있는데, 각하, 열 마디 정도로
제가 아는 연극으론 짧을 만큼 짧습니다.
근데 그 열 마디가, 각하, 너무 길어
지겹게 된답니다. 연극을 통틀어
적절한 말이나 배우는 전혀 없으니까요.   65
또한 비극적인데, 고귀하신 각하,
피라무스가 거기에서 자결하기 때문이죠.
연습 중인 이 극을 봤을 때 전 고백건대
눈물이 났습니다. 하지만 큰 웃음 터뜨리며
더 기쁜 눈물을 흘려 본 적 없습니다.   70

테세우스 그것을 연기하는 사람들은 누군가?
필로스트레이트 아테네 여기서 일하는 손이 억센 자들로
지금까지 정신노동 해 본 적 없었으나
각하 혼례 대비하여 바로 이 연극으로
안 쓰던 기억력을 이제는 혹사시켰답니다.   75

테세우스　　　짐은 그걸 듣겠다.

필로스트레이트　　　　　　안 됩니다, 공작 각하,

어울리지 않습니다. 제가 다 들었는데

아무것도, 원 세상에, 아무것도 아닙니다.

각하를 섬기려고 머리를 극도로 쥐어짜며

고통스레 외우려는 그들의 의도에서　　　　　　80

재미를 찾으시면 모를까.

테세우스　　　　　　　　　　그 극을 듣겠다,

순진함과 존경으로 바치고자 하는 일은

어떤 것도 절대로 잘못될 수 없으니까.

그들을 데려오라. 부인들은 앉으시오.

(필로스트레이트 퇴장)

히폴리타　　　부족한 자들이 무리하게 애쓰다가　　　　　85

표하려던 존경심이 사라지면 싫은데요.

테세우스　　　아니 여보, 그런 일은 일어나지 않을 거요.

히폴리타　　　그들이 이런 일은 못 한다고 하잖아요.

테세우스　　　못 한 일에 감사하면 우린 더욱 친절하오.

재미는 그들의 실수를 이해하는 것이며　　　　90

서투른 존경으로 못 하는 건 가치가 아니라

능력이 있다고 관대하게 봐준다오.

내가 갔던 곳에서는 위대한 학자들이

환영사를 준비하고 나를 맞이하였소.

난 그들이 몸을 떨며 창백한 모습으로　　　　95

말을 하는 도중에 여기저기 중단하고

겁에 질려 연습했던 문장을 삼키며 질식하고
결국은 벙어리가 된 것처럼 환영도 못 한 채
멈추는 걸 보았소. 여보, 장담컨대
난 그런 침묵에서 환영을 골라냈고   100
두려움과 존경 품은 공손한 마음에서
건방지고 무례하게 웅변하는 자들의
떠버리 입에서 만큼이나 많은 걸 읽었소.
그러므로 사랑과 말 못 하는 순진함이
내 생각으로는 최소로 최대한을 말하오.   105

필로스트레이트 등장.

필로스트레이트 공작 각하, 서두 역이 준비되었습니다.

테세우스 들라 하라.   (트럼펫 합주)

서두 역의 퀸스 등장.

서두 역 저희가 언짢게 해 드리면 저희의
선의는 언짢게. 하려고 나온, 게 아니라
선의로 단순한 재주를 보이려는   110
겁니다 그것이. 저희들 목표의 진정한
시작이죠 그러면. 저희가 나온 건 악심 품고.
안 나왔고 만족을 드리려는 것임을 고려하
십시오 저희들의 진의는. 모두 다 여러분의

기쁨이고 자책감. 느끼라고 여기 있는   115
건 아닌데 배우들이 나왔고 구경을 하시면
궁금한 건 모두 다 알아내실 것입니다.

테세우스 이 친구는 구두점을 지키지 않는구먼.

라이샌더 거친 수망아지 타듯이 머리말을 읊었습니
다. 멈출 줄 모르니까요. 훌륭한 교훈입니다,   120
각하, 말을 하는 것으론 충분치 않고 올바로
말해야지요.

히폴리타 정말로 저 사람은 머리말을 어린애가 피리를
불듯 읊었네요, 소리는 냈지만 조절을 못 했
으니까.   125

테세우스 그의 대사는 뒤엉킨 사슬 같았소. 손상된 건
없었지만 모든 게 혼란스러웠소. 다음은 누
군가?

나팔수를 앞세우고 피라무스, 티스베, 벽과 달빛,
그리고 사자 등장.

서두 역 여러분, 이 구경이 무얼까 궁금하실 겁니다.
진실이 밝혀질 때까지 궁금해하십시오.   130
이 사람은 아시고 싶다면 피라무스,
아름다운 이 숙녀는 틀림없는 티스베죠.
회반죽과 초벌칠을 뒤집어쓴 이 사람은
벽, 연인들 갈라놓은 못된 벽을 나타내고

벽의 틈을 통하여 딱한 둘은 속삭이며   135
만족했죠. 그 사실에 놀라지 마시라.
등불과 개, 가시덤불 가진 이 사람은
달빛을 나타내죠. 아시고 싶다면 연인들은
달빛 아래 거기, 거기, 니누스 왕릉에서
거리낌 없이 만나 구애했으니까요.   140
이 섬뜩한 짐승은 이름이 사자라 하는데
밤중에 먼저 나온 믿음직한 티스베를
무서워 도망가게, 사실은 놀라게 만들었죠.
그녀가 달아날 때 외투가 떨어졌고
그것을 고약한 사자가 피 묻은 입으로 씹었죠.   145
곧 키 크고 멋진 총각 피라무스 나와서
믿음직한 티스베의 외투가 죽은 걸 보더니
칼을 들어, 큰일 낼 칼날 세운 칼을 들어
피 끓는 피라무스 가슴팍을 팍 찔렀고
뽕나무 그늘 아래 멈춰 섰던 티스베는   150
그의 칼을 뽑아서 죽었지요. 그 나머진
사자와 달빛과 벽과 두 연인이
여기 있을 동안에 상세히 설명할 것입니다.

(서두 역, 피라무스, 티스베, 사자,

달빛 함께 퇴장)

테세우스   앞으로 사자도 말을 할까 궁금하군.

드미트리우스   궁금하시긴요, 각하, 나귀 같은 바보들도 하   155
는데 사자 하나쯤이야 당연하죠.

102

벽	바로 이 막간극의 벽을 나타내는 일이
	스나우트라는 이름의 제게 떨어졌습니다.
	이 벽으로 말하자면 생각해 보십시오,
	벌어진 구멍 또는 틈새가 있는데	160
	그걸 통해 피라무스, 티스베, 두 연인이
	아주 비밀스럽게 자주 속삭였답니다.
	이 회반죽, 이 초벌칠, 이 돌은 제가 바로
	그 벽임을 보여 주죠, 사실이 그러니까.
	그리고 이게 그 왼쪽과 오른쪽 틈인데	165
	거길 통해 겁먹은 연인들은 속삭일 것입니다.

테세우스 찰흙과 털 반죽이 이보다 말을 더 잘하길 바라겠는가?

드미트리우스 각하, 이건 제가 담화하는 걸 들은 칸막이 가운데 가장 재치가 있습니다. 170

피라무스 등장.

테세우스 피라무스가 벽으로 다가간다. 조용하라!

피라무스 오 험상궂은 밤이여! 오 검디검은 밤이여!
오 낮 아니면 언제나 밤이 되는 밤이여!
오 밤이여, 오 밤이여, 슬프고도 슬프도다,
티스베가 약속을 잊지나 않았을까! 175
오 그대, 오 벽이여, 오 아름다운 벽이여,
그녀의 아버지와 내 아버지 땅 사이에 서 있구나.

그대 벽, 오 벽이여, 오, 아름다운 벽이여,
틈새를 보여 다오, 눈 깜빡여 뚫어 보게.

                              (벽이 손가락을 뻗친다.)

고맙다, 정중한 벽. 복 많이 받아라!   180
그런데 뭐가 보여? 티스베가 안 보인다.
오 사악한 벽이여, 널 통해 지복을 못 보다니!
이렇게 날 속인 너의 돌은 저주를 받아라!

테세우스   내 생각에 이 벽은 느낄 수 있으니까 저주를
           돌려줘야 하지 않을까.   185

피라무스   아뇨, 정말이지 그래선 안 됩니다. '날 속인'
           은 티스베의 신호인데 그녀는 지금 등장할
           테고 전 벽을 통해 그녀를 발견하게 되죠. 말
           씀드린 대로 일이 꼭 벌어진다는 걸 아실 겁
           니다. 저기 그녀가 오는군요.   190

                    티스베 등장.

티스베   오 벽이여, 그대는 내 신음 정말 자주 들었어,
           내 고운 피라무스 나와 갈라났으니까!
           앵두 같은 내 입술은 그대 돌에 입 맞췄어,
           찰흙과 털 섞어 쌓아 놓은 그대의 돌에게.

피라무스   목소리가 보이네. 난 이제 틈새로 가리라.   195
           몰래 보니 티스베 얼굴을 들을 수 있구나.
           티스베?

티스베	그대는 내 사랑, 난 그렇게 생각해요!
피라무스	뭔 생각을 하든지 난 그대 애인이고
	리맨더처럼 난 언제나 믿음직하다오.
티스베	나 또한 헬렌처럼 운명으로 죽기까지 그래요. 200
피라무스	셰팔루도 프로크루에게 이리 충실 못 했소.
티스베	셰팔루, 프로크루처럼 난 당신께 충실해요.
피라무스	오, 이 못된 벽 구멍을 통하여 키스해요.
티스베	난 입술과 생판 다른 벽 구멍에 키스해요.
피라무스	곧바로 니나노 왕릉에서 만날 거요? 205
티스베	살든지 죽든지 지체 없이 갈게요.

(피라무스와 티스베 각자 퇴장)

벽	이리하여 이 몸 벽은 맡은 역을 다했고
	끝났으니 이 벽은 이렇게 나갑니다. (퇴장)
테세우스	이제 두 이웃 사이의 담장이 허물어졌구먼.
드미트리우스	어쩔 도리가 없습니다, 각하, 벽이 경고도 없 210
	이 저렇게 기꺼이 듣는다면.
히폴리타	이건 내가 들은 허튼소리 가운데 가장 어이
	가 없네요.
테세우스	이런 부류에선 최고인 자들도 그림자일 뿐

215

199~201행 리맨더…프로크루 보텀과 플루트가 잘못 발음한 이름. 리맨더—레
안드로스, 헬렌—헤로, 셰팔루—케팔로스, 프로크루—프로크리스. 이들
은 모두 오비디우스의 『변신 이야기』 제7권에 나오는 비극적인 연인들이다.
(아든, 뉴펭귄)

이라오. 또한 최악인 자들도 상상으로 고
쳐 보면 더 나쁘진 않다오.

히폴리타 그럼 그건 당신의 상상이지 그들의 상상은
아니잖아요.

테세우스 우리가 그들을 그들 스스로 상상하는 것
보다 더 나쁘게 상상하지만 않는다면 그   220
들은 탁월한 자들로 통할 거요. 저기 사람
과 사자, 두 고귀한 짐승이 나오는구려.

사자와 달빛 등장.

사자 마루 기는 작은 괴물, 쥐조차도 두려운
온순한 마음 가진 여러 숙녀들이여,
이제 거친 사자가 광란 속에 어흥 하면   225
아마도 부들부들 떠실 수가 있겠지요.
그럼 전 가구장이 스넉으로 사나운 사자이지
안 그러면 사자의 어미도 아님을 아십시오.
제가 만약 사자로서 싸움을 하려고
이 자리에 나왔다면 참 애석할 테니까요.   230

테세우스 아주 온순한 짐승일세, 양심도 바르고.

드미트리우스 제가 본 짐승으론 최곱니다, 각하.

라이샌더 이 사자는 용기로는 영락없는 여우입니다.

테세우스 맞았어. 그리고 분별력으로는 거위야.

드미트리우스 아닙니다, 각하. 그의 용기가 그의 분별력을   235

	끌고 가지 못하니까요. 그런데 여우는 거위 를 끌고 가거든요.
테세우스	그의 분별력은 그의 용기를 끌고 가지 못 하는 게 분명해, 거위가 여우를 끌고 가진 못하니까. 잘됐어, 그건 그의 분별력에 맡 240 겨 두고 우리는 달의 말이나 들어 보지.
달빛	이 등불은 뿔 달린 달님을 나타내고—
드미트리우스	그 뿔을 자기 머리 위에 달았어야지.
테세우스	그는 초승달이 아니니까 뿔이 원주 안에 있 어서 안 보이는 거라네. 245
달빛	이 등불은 뿔 달린 그런 달을 나타내고 저 자신은 달 안의 사람인 것 같습니다.
테세우스	이건 나머지 모든 오류 가운데 가장 큰 거야. 사람이 등불 안으로 들어갔어야지. 안 그러 면 어떻게 달 안의 사람인가? 250
드미트리우스	거기는 촛불 때문에 감히 못 갑니다. 보시다 시피 벌써 심지를 자를 때거든요.
히폴리타	난 저 달이 지겨워요. 변했으면 좋으련만!
테세우스	그의 적은 분별력에 비춰 보건대 그는 지고 있는 것 같구려. 하지만 예절이나 모든 이치 255 로 볼 때 우리가 때를 기다려야 한다오.

252행 심지 지금처럼 타서 없어지지 않고 엉겨 붙어서 촛불을 약화시키거
나 꺼지게 만드는 당시의 심지.

라이샌더 달은 계속하라.

달빛 제가 하고 싶은 말이라고는 이 등불은 달이
고 저는 달 안의 사람이고, 이 가시덤불은
제 가시덤불이고 이 개는 제 개라는 얘기뿐 260
입니다.

드미트리우스 글쎄, 그 모든 것이 등불 안에 있어야지, 그
모든 것이 달 안에 있으니까. 하지만 쉿! 티
스베가 나왔어요.

티스베 등장.

티스베 니나노 옛 왕릉이 여기구나. 님은 어디?   265

사자 어흥!   (사자가 으르렁거리고 티스베는
외투를 떨어뜨리며 도망간다.)

드미트리우스 잘 울었다, 사자야!

테세우스 잘 뛰었다, 티스베!

히폴리타 잘 빛났다, 달아! 사실 저 달은 참 우아하게
비춰요.   (사자, 외투를 씹은 뒤 퇴장) 270

테세우스 잘 씹었다, 사자야!

드미트리우스 그런 다음 피라무스가 나왔고 ─

259~260행 저는…개 민담에 의하면 달 속의 사람은 일요일에 땔감을 구하러
나갔다가 안식일의 계율을 어긴 벌로 개와 가시덤불(그가 모은 땔감)과 함
께 달로 추방됐다. (아든)

라이샌더　　그리하여 사자는 사라졌도다.

　　　　　　　　　피라무스 등장.

피라무스　　착한 달님, 해님처럼 비춰 줘서 고맙구나.

　　　　　　고맙구나, 달님아, 이리 밝게 빛나 줘서.　　　275

　　　　　　친절하고 찬란하며 창창한 네 빛으로

　　　　　　가장 참된 티스베를 볼 거라고 믿는다.

　　　　　　　　　근데 잠깐! 오 심술이다!

　　　　　　　　보아라, 가련한 기사여,

　　　　　　　이 무슨 끔찍한 슬픔이냐!　　　280

　　　　　　　　　눈이여, 보이는가?

　　　　　　　　어떻게 이럴 수가?

　　　　　　　오, 예쁜 오리, 오 그대여!

　　　　　　　　이 좋은 그대의 외투가

　　　　　　　　뭐라고, 피 묻어 있다고?　　　285

　　　　　　잔인한 복수 여신 다가오라!

　　　　　　　　오, 운명이여, 어서 오라!

　　　　　　　　명줄 목줄 잘라 다오.

　　　　　　깨뜨리고 으깨고 끝장내고 끊어 다오.

테세우스　　이런 비탄과 사랑하는 여자 친구의 죽음이　　290

　　　　　　면 사나이를 거의 슬퍼 보이게 만들겠구려.

히폴리타　　아이참, 저 남자가 안됐어요.

피라무스　　사악한 사자가 여기서 내 님을 범했으니

　　　　　　오, 조물주는 왜 사자를 만들었소?

살았고 사랑했고 좋아했던 활기찬 모습의   295
가장 고운 여인인데―아니, 아니―이었는데.
눈물이여 허물어라,
칼은 나와 찔러라,
피라무스 젖꼭지를.
그래, 심장이 팔딱이는   300
왼손 편 젖꼭지를.
(자신을 찌른다.)
난 이, 이, 이렇게 죽는다!
난 이제 죽었다.
난 이제 떠났고
내 영혼은 하늘 갔다.   305
혀 너는 빛을 잃고
달 너는 도망가라! (달빛 퇴장)
이제 죽, 죽, 죽, 죽, 죽는다.   (죽는다.)

드미트리우스 죽이 아니라 밥이겠지. 곧 구더기 밥이 될 테
니까.   310

라이샌더 밥도 안 돼. 죽어 버렸으니까 아무것도 아니
라고.

테세우스 의사의 도움을 받으면 회복할지도 모르고 그
래서 나귀 같은 바보가 될 수도 있겠지.

히폴리타 티스베가 다시 나와 애인을 찾지도 않았는데   315
달빛은 어쩌다가 나가 버렸지요?

테세우스 별빛으로 찾겠지요.

티스베 등장.

	여기 나왔으니 그녀의 비탄으로 극은 끝날 것이오.
히폴리타	생각하건대 저런 피라무스에게 그녀가 긴 비
	탄을 보이진 말아야죠. 짧았으면 해요. 320
드미트리우스	피라무스 아니면 티스베, 누가 더 나은지는
	티끌 하나로 결정될 것입니다. 그게 남자라
	면, 하느님, 저희를 보호하시고 여자라면, 하
	느님, 저희를 지키소서!
라이샌더	그녀가 그 아름다운 눈으로 이미 그를 발견 325
	했어.
드미트리우스	그리고 이게 그녀의 뜻인바, 즉—
티스베	자나요, 내 님이여?

뭐, 죽었어요, 내 비둘기?

오 피라무스, 일어나요!   330

말, 말해 봐요! 통 못 해?

죽, 죽었어요? 멋진 두 눈

무덤 속에 묻혀야 되겠네요.

백합 같은 이 입술

버찌 같은 이 코와   335

샛노란 앵초꽃의 두 뺨이

사라졌네, 사라졌어!

연인들아 슬퍼하라,

그의 눈은 파처럼 푸르렀다.

　　　오 운명의 세 자매여,　　　　　　　340

　　　내게 오라, 내게 와,

　　우유처럼 창백한 손을 들고.

　　　그 손에 피 묻혀라,

　　　너희들이 작두로

　　그의 비단 명줄을 잘랐으니.　　　　345

　　　혀는 말을 멈추고

　　　믿음직한 칼이여,

　　내 가슴 가차 없이 갈라라!

　　　　　　　　　　(자신을 찌른다.)

　　　친구들아 잘 있거라,

　　　티스베는 이제 간다.　　　　　　　350

　　안녕, 안녕, 안녕!　　　　　(죽는다.)

테세우스　달빛과 사자가 남아서 죽은 자들을 묻어야
되겠구먼.

드미트리우스　예, 벽도 함께요.

보텀　(벌떡 일어나며) 아뇨, 확실히 말씀드리건대 그　355
들의 두 아버지를 갈라놓았던 벽은 무너졌습
니다. 맺음말을 보시겠습니까, 아니면 저희 극
단 두 배우의 촌스러운 춤을 들으시겠습니까?

테세우스　맺음말은 사양하네. 자네들의 극은 변명
이 필요 없으니까. 절대 변명하지 마라. 배　360
우들이 다 죽어 버렸을 경우엔 아무도 욕

먹을 필요가 없으니까. 맞아, 극을 쓴 사
람이 피라무스를 연기하고 티스베의 대님
으로 목매달아 죽었더라면 훌륭한 비극이
되었을 거야 ─ 사실, 지금도 훌륭해, 연기   365
도 아주 잘했고. 하지만 자, 자네들의 촌
스러운 춤을 춰 보지그래, 맺음말은 그만
두고.

　　　　　(퀸스, 스녁, 스나우트와 스타블링이 등장,
　　　　　　　그 가운데 둘이 촌스러운 춤을 춘다.
그런 다음 플루트와 보텀을 포함한 장인들 함께 퇴장)

자정을 알리는 쇠 추가 열두 번 울렸다.
연인들은 자러 가라, 거의 요정 나올 때다.   370
오늘 밤에 안 자고 깨어 있던 만큼이나
내일 아침 늦잠 자지 않을까 걱정된다.
썩 조잡한 이 극으로 굼벵이 밤 시간을
즐겁게 보냈구나. 친구들은 자러 가라.
짐은 이런 여흥과 새롭게 기뻐할 축연을   375
열나흘에 걸쳐서 밤마다 베풀리라. (함께 퇴장)

퍽 등장.

퍽　　　지금은 주린 사자 울부짖고
　　　　늑대는 달 보고 짖으며
　　　　피곤한 농부는 힘든 일로

완전히 지쳐서 코 골 때다.   380
지금은 다 탄 장작 빛을 내고
올빼미가 날카로운 울음으로
비탄 속에 누워 있는 자에게
수의를 떠올리게 만들 때다.
지금은 무덤들이 큰 입 벌려   385
혼령들을 내놓고 그것들이
교회 길로 날아가는 밤 시간.
우리들 요정 또한 지금은
태양 있는 곳에서 멀어지는
헤카테의 삼두마차 곁에서   390
꿈처럼 어둠을 뒤쫓아 달리며
유쾌하다. 신성한 이 집엔
쥐 한 마리 범접하지 못하리라.
빗자루 든 나를 먼저 보내신 건
문 뒤쪽의 먼지 청소 때문이다.   395

요정의 왕과 여왕, 오베론과 티타니아,
모든 시종들과 함께 등장.

오베론   가물가물 꺼져 가는 불빛으로
집 전체를 어렴풋이 밝혀라.
가시덤불 위를 나는 새처럼
모든 요정 가볍게 뛰놀고

	나를 따라 이 노래를 부르며	400
	거기 맞춰 경쾌하게 춤을 춰라.	
티타니아	낱말마다 지저귀는 소리 붙여	
	우선은 이 노래를 외워라.	
	손에 손 마주 잡고 우아하게	
	노래하며 이곳을 축복하리. (노래와 춤)	405
오베론	자, 날이 밝아 올 때까지	
	모든 요정 집 안으로 흩어져라.	
	최고의 신방에 들른 다음	
	그곳을 축복해 주리라.	
	거기에서 태어나는 자손들은	410
	언제나 운이 좋을 것이며	
	세 쌍의 부부도 언제나	
	참사랑을 할 것이고	
	조물주가 만드는 기형은	
	그들의 자손에겐 없으리라.	415
	사마귀, 언청이, 흉터나	
	출생 시 사람들이 경멸하는	
	불길한 반점 따윈 절대로	
	그들의 자식에겐 안 생긴다.	
	이 성스러운 들 이슬을 가지고	420
	모든 요정 발걸음 옮긴 다음	
	궁전의 방 하나하나 각각을	
	감미로운 평화로 축복하라.	

그리고 축복받은 집주인은
언제나 안전하게 쉴 것이다.   425
뛰어가라, 멈추어 섰지 말고.
새벽녘엔 다 내게 돌아오라.

           (퍽을 뺀 나머지 모두 함께 퇴장)

퍽   저희 그림자들이 언짢으셨다면
이 환상이 정말로 보였을 때
여기서 잠들어 있었을 뿐이라고   430
생각만 고치시면 다 괜찮죠.
그리고 가볍고 시시하며
꿈처럼 헛것 같은 이 주제를
나무라진 마십시오, 여러분.
용서해 주시면 잘해 보겠습니다.   435
또한 제가 정직한 퍽인 만큼
노력 없이 얻게 된 행운은
이제는 야유를 피하기 위하여
머지않아 개선하겠습니다.
안 그러면 거짓된 퍽이지요.   440
그러면 안녕히 주무세요.
친구라면 박수 좀 쳐 주세요,
그러면 로빈이 개선하겠습니다.   (퇴장)

작품 해설

사랑의 꿈의 진실

윌리엄 셰익스피어(1564~1616)는 『실수 희극』(1592~1594)을 시작으로 『잣대엔 잣대로』(1604)까지 총 13편의 희극을 썼다. 이들 희극은 그 내용이 다양하여 한마디로 정의하기는 어렵다. 그러나 이들이 희극으로 분류되는 이유는 적어도 두 가지 공통 요소를 갖추고 있기 때문이다. 우선 이들은 우리 관객이나 독자들에게 전체적으로 슬픔보다는 기쁨, 울음보다는 웃음을 준다. 그 웃음의 성격이 밝고 순수할 수도 있고 조소나 실소에 가까울 수도 있지만 어쨌든 우리를 심각한 슬픔에 빠뜨리거나 울게 하지는 않는다. 둘째, 극의 시작은 비록 심각하거나 비극적일 수 있어도 그런 갈등은 결국 화합에 이르고 행복하게 마무리된다. 적어도 주인공이나 중요한 인물이 죽는 일은 없고 그 대신 화합의 상징인 결혼이 있다.

『한여름 밤의 꿈』의 결말에는 세 쌍의 남녀가 결혼한다. 아테네의 군주인 테세우스 공작과 아마존의 여왕이었던 히폴리타, 그리고 두 쌍의 청춘 남녀인 허미아와 라이샌더, 헬레나와 드미트리우스가 바로 그들이다. 이들의 결혼, 특히 네 청춘 남녀의 결혼은 그저 주어진 것이 아니라 커다란 난관을 극복한 결과이다. 특히 허미아는 아버지의 뜻에 반하는 결혼을 하려다가 죽음의 위기까지 불러온다. 허미아의 위기는 결국 테세우스 공작이 나중에 이지우스의 뜻을 꺾는 것으로 극복되지만 이 희극의 주요 사건과 핵심 주제(사랑과 결혼)는 모두 허미아의 예에서 보듯이, 결혼 자체가 아니라 거기에 이르는 과정에서 일어나고 드러난다. 그리고 그 과정은 "참사랑의 길은 결코 순탄한 적 없었"(1.1.134.)다는 라이샌더의 말로 요약할 수 있을 것이다.

순탄한 적 없는 참사랑의 길에 나타나는 첫 번째 장애물은 테세우스가 히폴리타의 사랑을 구한 방식에서 드러난다. "히폴리타, 나는 칼로 그대에게 구애했고/상처를 입히면서 사랑을 얻었소."(1.1.16~17.) 여기에서 테세우스가 말하는 칼에 의한 구애, 이는 폭력 사용의 낭만적인 표현에 지나지 않는다. 비록 셰익스피어가 이 심각한 문제를 이곳에서는 더 이상 추적하지 않지만 사랑과 폭력의 밀접한 관계는 앞으로 있을 네 청춘 남녀의 숲 속 혼란에서 다시 나타난다.

폭력 다음으로 드러나는 사랑의 장애물은 죽음이다. 죽음은 이미 허미아에게 심각한 위협으로 닥친 적이 있다. 하지만 그것은 1막 2장에서 퀸스와 보텀 일당이 연습하는 극중극 「피라무스와 티스베」의 연습 과정에서 다시 얼굴을 내민다. 로미오와 줄리엣처럼 피라무스와 티스베 또한 집안이란 벽에 막혀 사랑을 이루지 못하고 비극적인 죽음을 맞이한다. 이는 바로 허미아와 라이샌더가 당면한 처지이며 앞으로 맞이할 수도 있는 운명이다. 그러나 퀸스 일당은 이 극중극을 테세우스의 혼인 축하용으로 연습하기 때문에 피라무스와 티스베의 죽음을 있는 그대로 표현해서는 안 된다고 생각한다. 그래서 이 비극적인 이야기를 철저히 희화화한다. 연출인 퀸스는 극중극의 제목을 '피라무스와 티스베의 가장 구슬픈 코미디 그리고 가장 비참한 죽음'으로 바꿀 뿐만 아니라 피라무스 역할을 받은 보텀은 두 연인의 죽음과 관련된 폭력과 공포조차 우스개로 만든다. 그들의 이런 노력은 누가 봐도 조잡한 그들의 연기와 그들이 과장해서 걱정하는 그것의 효과 사이의 명확한 괴리 때문에 관객들의 웃음을 자아낸다. 하지만 그들이 묻어 버리려는 죽음의 가능성과 그에 따르는 폭력은 앞으로 있을 네 청춘 남녀의 숲 속 혼란에서 그리고 5막 1장에 있을 극중극 공연에서 다시 나타난다.

사랑하는 남녀 사이에 끼어들어 두 사람의 원만한 관계를 깨 놓는 또 하나의 방해물은 질투심이다. 이는 2막 1장에서 요정의 왕 오베론과 요정의 여왕 티타니아가 업둥이 인도 소년 하나를 두고 벌이는 감정싸움의 원인이 된다. 그런데 오베론과 티타니아가 자연력을 대표하는 존재들이기 때문에 둘의 불화는 자연계 전체에 영향을 미쳐 모든 생명들의 생식력이 사라지고 계절이 뒤바뀌는 대혼란을 불러온다. 그리고 이 거대한 자연계의 무질서는 머지않아 숲 속에서 네 청춘 남녀가 겪는 혼란의 배경으로 작용한다.

하지만 『한여름 밤의 꿈』에서 사랑에 빠진 연인들을 가장 괴롭히는, 질투와 폭력과 심지어는 살인의 충동까지 일으키는 최고의 훼방꾼은 큐피드(에로스)이다. 인간의 성적 본능의 외적인 의인화이자 신격화인 큐피드는 원래 인간의 오관으로는 감지할 수 없는 존재이다. 따라서 큐피드와 그의 능력은 처음에는 헬레나의 짐작으로 소개된다. 그녀는 자기를 사랑한다고 우박 맹세를 퍼붓다가 한순간 시선을 돌려 허미아를 숭배하는 드미트리우스의 변심을 이해할 수 없다. 그래서 그 원인 제공자로 큐피드를 지목한다. 날개 달린 큐피드가 드미트리우스에게 사랑의 화살을 무작위로 쏘아 그는 판단력을 잃고 자기 대신 허미아를 좋아하게 되었다고 말이다.

이 힘은 숲 속에서 오베론과 그의 대리인인 퍽에 의해 사실로 확인된다. 그것은 큐피드가 "서쪽에서 등극한/아름다운 정녀"를 겨냥해 "십만의 가슴을 꿰뚫을 듯 세차게"(2.1.157~159.) 날린 화살이 목표물을 맞히지 못하고 빗나갔을 때 그것을 맞은 팬지꽃 한 송이로 형상화된다. 이렇게 이 팬지의 연원을 밝힌 오베론은 이어서, 이 꽃의 즙을 잠자는 사람의 눈꺼풀에 바르면 "눈 뜨고 처음 보는 생물에게, 남자든 여자든/미치도록 혹하게 만들 수 있단다."(2.1.171~172.)라고 말한다.

팬지의 위력은 곧 여기저기에서 나타난다. 그것은 먼저 라이샌더의 눈에 콩깍지가 씌게 하여 애인인 허미아를 버리고 관심 없던 헬레나를 쫓아가도록 만들고, 요정의 여왕 티타니아로 하여금 극중극 연습차 숲 속에 들어온 나귀 머리의 보텀에게 첫눈에 첫 귀에 혹하게 만들며, 헬레나를 떨쳐 내려 애쓰던 드미트리우스로 하여금 그녀를 여신으로 숭배하게 만든다. 그 결과는 심각하면서도 우스꽝스럽다. 초자연적인 존재인 티타니아가 인간 보텀, 그것도 괴물로 변신한 보텀을 서방님으로 모시는 광경이 눈앞에 펼쳐진다. 그런 한편 네 명의 청춘 남녀는 조합 가능한 모든 남녀 관계와 그에 따른 감정 표출을 보여 준다. 허미아는 헬레나가 밤중에 자기의 애인인 라이샌더의 사랑을 훔쳐 갔다고 오해하고, 헬레나는 허미아가 남자들과 공모하여 두 사람 모두 자기에게 사랑을 고백하도록 장난을 쳤다고 의심한다. 그 결과 두 여자는 서로에 대한 미움과 질투심을 드러낼 뿐만 아니라 몸싸움까지 마다하지 않는다. 그리고 연적이 된 두 남자 또한 헬레나의 사랑을 독차지하기 위해 결투까지 실행에 옮긴다. 실제로 퍽의 개입이 없었더라면 둘은 피를 보고 어느 하나가 죽을 수도 있는 지경까지 간다. 헬레나의 예언—"사랑은 저급하고 천하며 볼품없는 것들을/가치 있는 형체로 바꿔 놓을 수 있"(1.1.232~233.)는 힘이 있다.—그리고 보텀의 현명한 말씀—"사랑과 이성은 요즈음 거의 자리를 같이하지 않는답니다. 더욱 유감인 건 정직한 이웃들이 그들을 친구로 만들어 주지 않는다는 거지요."(3.1.149~152.)—두 가지 모두가 들어맞는 상황이 한여름 밤의 숲 속에서 꿈처럼 펼쳐진다.

게다가 이 청춘 남녀들은 숲에서 벗어난 뒤에도, 즉 그들의 눈에 씌워진 콩깍지가 벗겨진 뒤에도 거기에서 벌어진 일들을 한갓 꿈으로 접어 둔 채 그 진실에 눈뜨지 못한다. 자신들의 변심과 격정을 일으킨 팬지꽃 즙이 사실은 그들의 마음속에 내재한 심리 현상의 외적인 표현물에 지나지 않는다는 사실을, 그래서 그들의 행동은 꿈이나 허구가 아니라 실제라는 사실을 전혀 눈치채지 못한다. 그 직접적인 이유는 오베론이 오직 티타니아의 시각만을 정상으로 되돌려 자신의 어리석은 행위를 바로 인식하도록 해 준 반면 라이샌더와 드미트리우스의 시각은, 앞의 것은 허미아로 되돌아가도록 착시를 풀어 주고 뒤의 것은 헬레나를 향한 착시를 유지하도록 만듦으로써 자신들의 오류를 인식하지 못하도록 했기 때문이다. 하지만 이런 신화적인 이유가 아니라 인간적인 이유는 불편한 진실을 외면하고 싶은 우리의 태도일 것이다. 만약 두 쌍의 젊은 연인들이 자신들의 숲 속 행동을 똑바로 쳐다본다면 자신들의 모습은 얼마나 일그러져 있고 우스우며 창피할 것인가. 그리고 그 원인은 얼마나 불가사의할 것인가. 그것을 꿈이라고 생각하는 편이 훨씬 마음 편하고 이해하기 쉽다. 그래서 이들은 지난밤 그들이 숲 속에서 겪은 일을 "먼 산이 구름이 된 것처럼/ 조그맣고 식별이 불가능한"(4.1.189~190.) 것으로, 즉, 꿈으로 받아들인다. 또한 5막에서 결혼식이 끝난 다음 퀸스 일당이 공연하는 극중극 「피라무스와 티스베」를 편안한 마음으로 농담과 비판까지 하면서 관람한다. 이 극중극에서 펼쳐지는 피라무스와 티스베의 사랑과 그 비극적인 결말이 자신들의 처지와 아무런 연관성이 없다고 생각하면서. 그 내용이 바로 부모의 반대로 아테네를 벗어나 숲 속으로 도망친 허미아와 라이샌더가 맞이할 수 있었던 운명인데도 말이다.

그러므로 이런 험난한 과정을 거친 세 쌍의 결혼은 당사자들이, 특히 두 쌍의 청춘 남녀들이 그 과정에서 있었던 일에 대한 올바르고 정확한 인식이 없는 상태에서 맞은 결말이다. 그래서 퍽이 맺음말에서 얘기하듯이 이들의 결혼은 관객들이 눈을 뜬 채 꿈꾸면서 바라본 허구 같은 사실일 수도 있다. 그래서 우리는 그들이 숲 속의 모진 경험을 되풀이하지 않기를 희망한다. 또한 오베론의 축복이 사실로 밝혀져 그들의 사랑이 변함없고 많은 자식들을 낳으며 사람들이 경멸하는 기형은 그들의 후손 가운데 절대 태어나지 않기를 바란다.

끝으로 이번 번역은 해럴드 F. 브룩스(Harold F. Brooks) 편집의 아든(The Arden Shakespeare) 판 『한여름 밤의 꿈(A Midsummer Night's Dream)』을 기본으로 하고, G. 블레이크모어 에번스(G. Blakemore Evans) 편집의 리버사이드 셰익스피어(The Riverside Shakespeare) 판과 스탠리 웰스(Stanley Wells) 편집의 뉴펭귄(New Penguin Shake-speare) 판을 참조하였다.

작가 연보

1564년 아버지 존 셰익스피어와 어머니 메리 아든의 장남으로 스트랫퍼드어폰에이번에서 태어나 4월 26일 세례를 받았다.

1582년 11월 여덟 살 연상의 앤 해서웨이와 결혼했다.

1583년 큰딸 수재너가 5월 26일 세례를 받았다.

1585년 큰아들 햄닛과 둘째 딸 주디스(쌍둥이)가 태어나 2월 2일 세례를 받았다.

1588년 최초의 극작품들이 런던에서 공연되기 시작하여 가족들을 두고 이주했다.

1590년 3부작 『헨리 6세(Henry VI)』를 2년에 걸쳐 집필했다.

1592년 이후 1594년까지 시집 『비너스와 아도니스(Venus and Adonis)』, 『루크리스의 강간(The Rape of Lucrece)』 출간

하고, 두 시집 모두 사우샘프턴 백작에게 헌정했다. 로드 체임벌린스 멘 극단의 주주가 되었다. 『리처드 3세(Richard III)』, 『실수 희극(The Comedy of Errors)』, 『티투스 안드로니쿠스(Titus Andronicus)』, 『말괄량이 길들이기(The Taming of the Shrew)』, 『베로나의 두 신사(The Two Gentlemen of Verona)』등을 완성했다.

1595년   『사랑의 수고는 수포로(Love's Labour's Lost)』, 『존 왕(King John)』, 『리처드 2세(Richard II)』, 『로미오와 줄리엣(Romeo and Juliet)』, 『한여름 밤의 꿈(A Midsummer Night's Dream)』, 『베니스의 상인(The Merchant of Venice)』, 『헨리 4세 1부(Henry IV, Part 1)』, 『윈저의 즐거운 아낙네들(The Merry Wives of Windsor)』를 1597년까지 연이어 발표했다.

1596년   아들 햄닛 사망. 부친의 문장을 사용하는 것을 허가받았다.

1597년   스트랫퍼드에서 뉴 플레이스 저택을 구입했다.

1598년   두 해에 걸쳐 『헨리 4세 2부(Henry IV, Part 2)』, 『헛소문에 큰 소동(Much Ado About Nothing)』, 『헨리 5세(Henry V)』, 『줄리어스 시저(Julius Caesar)』, 『좋으실 대로(As You Like It)』등을 집필했다. 셰익스피어의 극단이 새로운 글로브 극장으로 옮겨 갔다.

1600년   『햄릿(Hamlet)』을 발표했다.

1601년   시집 『불사조와 산비둘기(The Phoenix and the Turtle)』를 출간하고, 『십이야(Twelfth Night, or What You

Will)』, 『트로일로스와 크레시다(Troilus and Cressida)』,
『끝이 좋으면 다 좋다(All's Well That Ends Well)』를 완
성했다.

1601년   부친 사망. 9월 8일 장례.

1603년   엘리자베스 여왕 사망. 스코틀랜드의 제임스 6세가 영
국의 제임스 1세가 되고, 셰익스피어의 극단이 킹스 멘
이 되었다.

1604년   『잣대엔 잣대로(Measure for Measure)』, 『오셀로
(Othello)』를 발표했다.

1605년   『리어 왕(King Lear)』을 발표했다.

1606년   『맥베스 (Macbeth)』와 『안토니와 클레오파트라 (Antony
and Cleopatra)』를 발표했다.

1607년   6월 5일 딸 수재너 결혼.

1607년   두 해에 걸쳐 『코리올레이너스 (Coriolanus)』, 『아테네
의 티몬(Timon of Athens)』, 『페리클레스(Pericles)』를
발표했다.

1608년   모친 사망. 9월 9일 장례.

1609년   『심벌린(Cymbeline)』, 『겨울 이야기(The Winter's Tale)』,
『소네트(Sonnets)』를 1610년까지 두 해에 걸쳐 출간했
다. 셰익스피어의 극단이 블랙프라이어스 극장을 매입
했다.

1611년   『태풍(The Tempest)』을 발표하고 스트랫퍼드로 돌아가
은퇴했다.

1612년   『헨리 8세(Henry VIII)』, 『카르데니오(Cardenio)』, 『두

귀족 친척(The Two Noble Kinsman)』을 1613년까지 집
필했다.

1616년   2월 10일 딸 주디스 결혼. 스트랫퍼드에서 4월 23일 세
상을 떠났다.

1623년   글로브 극장 시절의 동료 배우 존 헤밍과 헨리 콘델이
편집한 셰익스피어의 극작품들이 이절판으로 출판되
었다. 부인 앤 해서웨이가 사망했다.

세계문학전집 **172**

한여름 밤의 꿈

1판 1쇄 펴냄   2008년 2월 28일
1판 43쇄 펴냄   2024년 3월 20일

지은이   윌리엄 셰익스피어
옮긴이   최종철
발행인   박근섭, 박상준
펴낸곳   (주)민음사

출판등록   1966. 5. 19. (제 16-490호)
서울특별시 강남구 도산대로1길 62(신사동) 강남출판문화센터 5층 (우편번호 06027)
대표전화 02-515-2000 팩시밀리 02-515-2007
www.minumsa.com

ISBN 978-89-374-6172-9 04800
ISBN 978-89-374-6000-5 (세트)

* 잘못 만들어진 책은 구입처에서 교환해 드립니다.

민음사 세계문학전집

세계문학전집 목록

세계문학전집은 계속 간행됩니다.